邮轮客的

Albert Wong:Complete Guide to Cruising

天书

古镇煌/著

中国人民大学出版社
·北京·

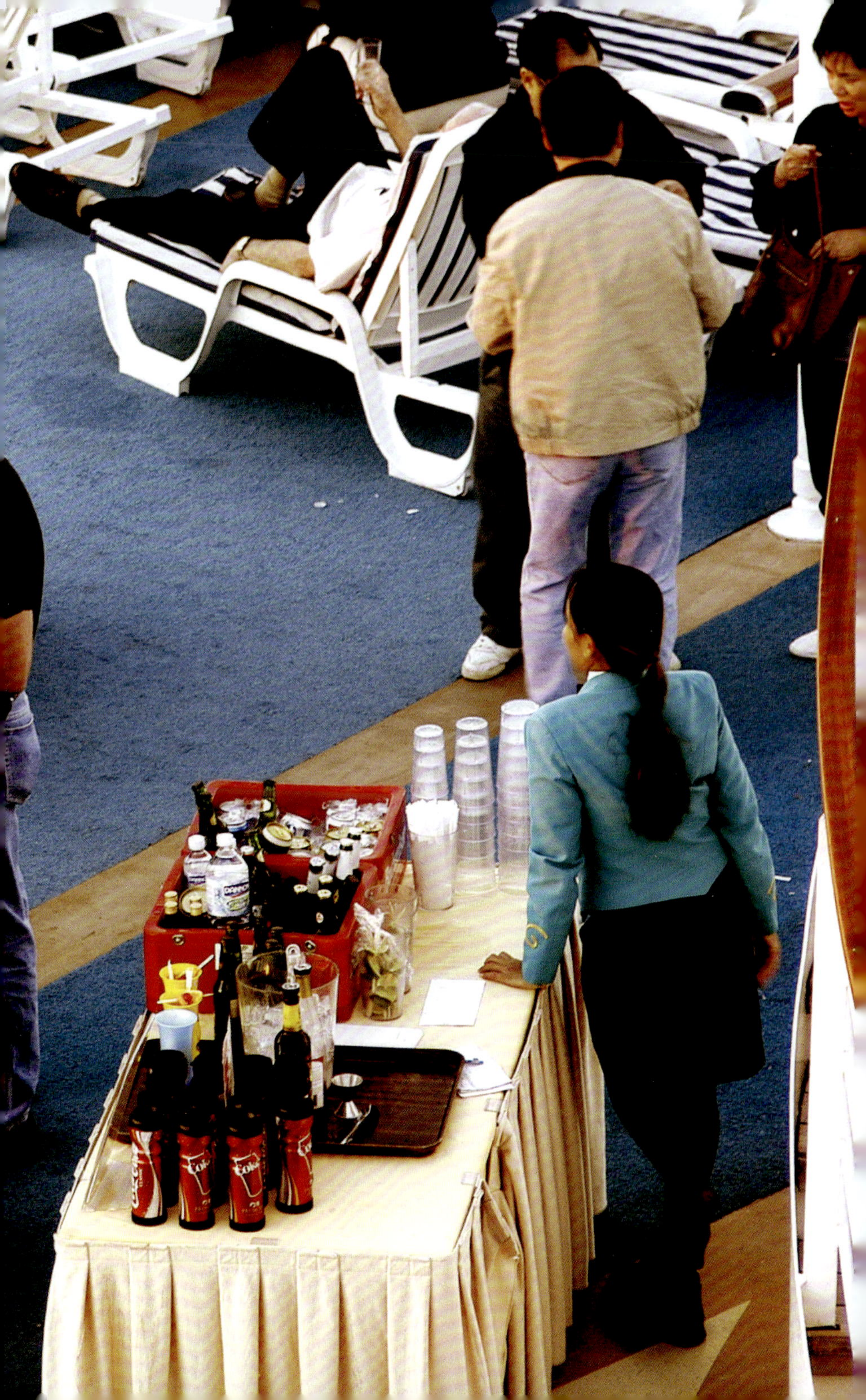
Coke

再版序：2009年邮轮市场的情况

直到2009年8月，我才有时间进行今年的第一次邮轮之旅。这次乘坐的是Princess Cruises（Carnival Corporation即美国嘉年华集团旗下的公主邮轮公司）的Emerald Princess（翡翠公主号）进行波罗的海、北欧、俄罗斯之旅。此外，我也订了11月29日的Crystal Cruises（美国水晶邮轮公司）的Crystal Serenity（水晶尚宁号）的票，要进行一次巴拿马运河之旅。我还希望在这两次旅程中能抽空再走一次地中海。巴拿马属"必游之地"，惭愧的是我还没去过。另外，在我们这个地区，Costa Cruises（嘉年华集团旗下的歌诗达邮轮公司）派来了新船Costa Classica（古典号），我尚未能抽时间上船看看。

我还曾写过邮轮专题，如今结集为《邮轮客的天书》一书。目前，邮轮市场的盛况还是很值得分析的。

可以说，目前，世界邮轮市场盛况空前。新船陆续下水，最新的是MSC（Mediterranean Shipping Company，地中海航运公司）的新船的下水礼，请来了Sophia Loren（索菲亚·罗兰，意大利电影明星）和Jose Carreras（何塞·卡雷拉斯，西班牙著名歌唱家）压阵。而且今天的新船，都是最大和最先进的，设计新猷特别多。不过，也许有一些船公司和业内人士在暗中叫苦。受到金融海啸和H1N1流感的双重打击，今年邮轮生意不大好。一间旅行社的老板告诉我她要去坐某五星船游东地中海，我问她为何如此舍得花这么多钱。她说，我们卖了三个舱，竟然获赠一个舱，此时不去，更待何时？在正常的形势下，买三送一是不可能的。如今，邮轮空舱不如送礼。船员的收入很大一部分是客人的小费，船上的商店、酒吧，甚至"名画"拍卖都需要客人捧场啊！总之，不论是减价还是送礼，船舱还是需要想法尽量填满的。由此可见，远东的邮轮市场还是兴旺的。Cruise Vacation（度假邮轮）的钟总就对我说，其今年秋天的一次札晃、北京之行，期望客人达到200人！我知道Costa Classica的内地始发航程，客人还是很满的。不过"远东客的市场"有的是"内需"啊，而美国已今非昔比，经济衰落了。希望这只是暂时的，因为目前下水的越来越大的新船，还是美国人去坐的。广东省樟木头虽已成了"小香港"，可是邮轮客人仍以纽约客等为主，仍未见樟木头同胞们去捧场。

　　说到新下水的船，即使真是"纸上谈兵"也令本船迷怦然心动了。比如，RCI（Royal Caribbean International，皇家加勒比国际邮轮公司）的超级巨轮Oasis of the Seas（海洋绿洲号）2009年12月就要下水了。此船的吨位把我吓坏了：220 000吨。是的，约等于5艘泰坦尼克号，相当于QM2（Queen Mary 2，玛丽女皇2号）加上SuperStar Virgo（处女星号）或两艘Grand Princess（至尊公主号）。在"斗大"的游戏里，RCI已奠定了其无敌地位，只希望"斗傻定律"的斗字于此不宜。我佩服此船的设计新猷，也会关注该公司怎样填满这样大的船。Celebrity Cruises（希腊精英邮轮公司，1997年与RCI合并成为Royal Caribbean Cruises，即皇家加勒比邮轮有限公司）的Celebrity Solstice（精英至尊号）也下水了。此船122 000吨——我因而想到，以前10万吨级的船，现在都晋升到12万吨级了。这证明了什么？其实证明了邮轮客日增。希望金融危机只是暂时的。就算是一向"以小为美"的豪华船公司Seabourn Cruises（嘉年华集团旗下的熙邦邮轮公司），最新的船Seabourn

Odyssey（熙邦奥德赛号）也一下子跳升至32 000吨。这倒是我心目中最理想的吨位。再看Cunard Cruise Lines（嘉年华集团旗下的冠达邮轮公司），现在除了QE2（伊丽莎白女王2号）和QM2外，还有Queen Victoria（维多利亚女王号），而且这些船都各有设计新猷。Celebrity Solstice和Seabourn Odyssey都得到了首航客人的好评，我也愉悦地在Celebrity Solstice半亩地的船顶的真草公园里野餐！邮轮的黄金时代已在眼前了。

在我们"远东"（不喜欢这个名词，因为远者，只是距离欧美远），明年RCI也要派船来常驻了，又会经常在海运大厦（香港邮轮码头所在地，位于九龙尖沙咀）见到当年与SuperStar Leo（狮子星号）同级的"我们的船"。Costa Cruises也会派和Costa Classica同级的"中船"、姊妹船Costa Romantica（歌诗达浪漫号）进驻。有趣的是，这个市场当年是Star Cruises（马来西亚丽星邮轮公司）开发的，现在该公司似乎已经对这个市场没有兴趣了，它宁要新加坡，也不要中国香港和广大的内地市场。今天的Star Cruises日渐失去市场，作为Star Cruises一度的拥趸，我颇有伤感兼失落之情。随着NCL（Norwegian Cruise Lines，丽星邮轮旗下的挪威邮轮公司）"话语权"的陨落，Star Cruises已非过去的八大邮轮公司之一了。我以前在Star Cruises的老朋友没有一个再在那里上班。在邮轮市场如此兴旺之际，他们竟拱手让出市场，岂不令人费解？今天的远东市场是Costa Cruises的，明年RCI也会进军。就让Star Cruises在新加坡继续发展罢。

古镇煌
2009年10月

自序

2001年5月，我出了国内唯一一本有关邮轮旅游的中文著作——香港明窗出版社出版的《邮轮旅游指南》，也就是花城出版社出版的《乘邮轮周游世界》。这两版书加起来，约7 500本书，基本上已售完了。不管怎样，我很高兴那本书成为业内重要的参考书，至少市面上始终没有另一本同类的中文书可以起到这一作用。其实，那本书刚好完全售罄可说是一件大好事，因为书里提供的很多资料，今天看来都已经过时。

无他，邮轮业是今天最迅速发展的行业，所以，在短短的5年里，业内的情况起了天大的变化。当年，10万吨的Golden Princess（黄金公主号）刚下水，成为最大的第一艘突破10万吨级的船。4年后，QM2以突破15万吨的排水量，打破了这个纪录。不到两年，Freedom of the Seas（海洋自由号）又破了这个纪录。

而这一纪录的吨位,恐怕会越变越大,达到20万吨也不奇怪。船太大不一定是好事,不少邮轮客不太愿坐超大的船。可是,事实正好反映出邮轮世界的千变万化。船越来越大,只不过反映出了邮轮客需求日增。一切业内的大变小变,也不过是为了适应邮轮客的需求而变。也许对飞机和火车来说,这5年的变化极小,可是对新兴的邮轮行业来说,5年的变化已是天翻地覆的巨变。再说,飞机只是交通工具,但邮轮是游乐设施,不赶上时代便会失去市场。反正在西方已落后的船可以移到我们"远东"来!

可是,无论是在中国的内地,还是在中国的香港,对邮轮的了解仍然很少,甚至旅游杂志中报道、电视剧描述的邮轮,都错谬百出。观众和读者,也许包括编者,或许错而不知,可是从专业的角度看,谬误之多令人不忍卒睹。

这些对邮轮的误解提不胜提,可邮轮这新鲜的玩意儿,却又成为某种时尚,开始受到广泛的关注,一切误导实在有待纠正。

这是我出版此书的一部分原因,但不是最重要的原因。最重

要的，是我希望能通过此书，对阅读中文的邮轮客提供正确的信息。这些资料，对第一次到欧美坐邮轮的朋友尤为重要，因为如果缺乏对邮轮的了解，坐船时就可能无法尽情享受假期，甚至出洋相。曾于秋季在台湾海峡坐邮轮到冲绳，看到不少邮轮客顶不住24小时不停的风浪而呕吐，真是受罪。可是在风浪更大，而且10多天里三分之二的时间邮轮处于颠簸状态的Cape Horn（合恩角）之旅，我几乎没有看到有人晕船。为什么？因为有些邮轮客没有做好功课。我们中国人只是糊里糊涂地登船，但敢"远征"合恩角的邮轮客，可不是普通的游客，他们都是真正的旅行者，是Sophisticated Travelers。只要读过本书，晕船的你一定会知道怎样选择风平浪静的航线，而不会在秋天的时候到合恩角、大西洋或台湾海峡去活受罪；你也不会因为不知道如何从天津新港、Valparaiso（瓦尔帕莱索，智利中部港口城市）或Bremerhaven（不来梅港，德国北部港口城市）这些地方的码头进城或到机场而烦恼。本书的内容，正是尽可能从邮轮客的角度，看看"他"

需要的是怎样的信息。

　　同时要指出一个现在还存在的误解,那就是,在许多人的想法里,不论什么邮轮,都一定是"豪华邮轮"。船公司把几十尺大客舱的三星船,也宣传成什么"浮动的五星酒店","一切饮食都是美食"！这种把客人当做大笨蛋的宣传,是邮轮业的普遍手法。这样的宣传,也许能骗你上一次船,但也许只此一次而已。这样的误导,对邮轮旅游业的长远发展肯定有害无益。今天,邮轮旅游普及了,和5年前相比,已是进展良多。邮轮已不再一定豪华,有的是工薪族坐得起的"绝不豪华但也好玩的邮轮和船上绝非美食但肯定餐食丰足的邮轮"。过去几年,我给国内无数旅游及高档杂志撰写过关于邮轮的文章(有的用Synchro之名发表)。在此,我想趁机给看过那些文字的朋友道个歉。比如,有一次我给某旅游杂志撰写了一篇稿子,刊出时发现,凡是"邮轮"两字之前都冠上了"豪华"两字,如"我坐过40次豪华邮

轮"等，可其实我的三分之二的邮轮之旅，坐的都不是豪华五星船（坐不起，而且现在邮轮生意太好，很少请客）。而且，似乎连编辑也犯了"无船不豪，无食不美"的通病，加入误导读者的行列。买了《乘邮轮周游世界》一书的朋友，更是对不起了。书中的附录1及附录2是别人加进去的，而且在那本书中，什么"里文特号"，看起来根本不是一艘船（大概是不太懂英文的人翻译的），QE2给译成"伊丽莎白二世"，QM2的插图也误为QE2。这些在那本书里只能算作微不足道的错。对了，那本书应是香港出版商授权内地出的，甚至提供了电子版，可是我至今没有收到一分钱的"合作"版税，甚至连书出了我也不知道。我是后来在北京的王府井新华书店买到那本书的，当初还以为是盗版书。这都不要紧，要紧的是很多人受了"我写的书"的误导！

2001年我出第一本关于邮轮的书时，香港发行商咬定"邮轮书没有市场"，可是到头来出版商即使没钱赚也没亏本。重要的

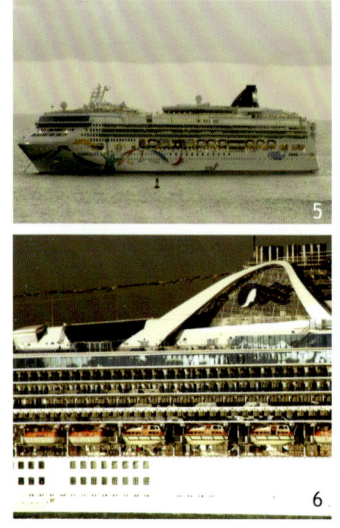

是7 500本书（尽管多半是内地"错版"）以每本仅有两个读者计，也应有近2万人从书中得以初窥邮轮的世界。5年后坐邮轮的客人可能是当年的三四倍，所以我希望本书提供的新资料，能给新一代的邮轮客提供新的坐船前必需的资讯。

古镇煌

2006年10月于北京

目录

引言 21世纪旅游玩乐的新贵：坐邮轮为什么好玩？ 001

Chapter 1　邮轮客的资料库
准备去尝试坐邮轮　010
坐邮轮应有什么规矩？　017
吃喝在邮轮　021
邮轮上的娱乐和康体节目　027
邮轮娱乐设备和表演的安排模式　035
邮轮上的客房　042
坐邮轮的岸上游节目　048

Chapter 2　邮轮的新世代
邮轮设计迭见新猷　056
邮轮旅游有什么"不好"的地方？　064
大船、小船、新船、旧船　072
邮轮的"改头换面"　079

Chapter 3　邮轮名船指南
五星邮轮的今昔　082
邮轮旅游的最高享受：Silversea Cruises　087
做不了终极豪华邮轮的业主　092
场面宏大的四星邮轮　095
只有最贵的船，没有最好的船　101
何谓"六星船"　106

邮轮公司和它们的服务规格　　111
当今世界上最伟大的邮轮　　118
加勒比海名船云集享观船之乐　　123

Chapter4　港口和航线
欧洲最重要的邮轮港口　　132
美洲的邮轮港口　　138
亚太地区的邮轮港口　　143
邮轮航线的选择　　148

Chapter5　邮轮之旅游记
加勒比海：阳光海滩的一周旅程　　156
游阿拉斯加的六星级旅程　　162
极地之巡航：重走哥伦布和麦哲伦的旅程　　172
夏威夷的一周巡航　　186
希腊群岛的欧陆情调巡航　　193
马耳他的地中海阳光之旅　　202
达达尼尔海峡的邮轮旅程　　213
坐邮轮到北京：一次难忘的"最慢旅程"　　219
马六甲海峡的一周温暖旅程　　228
阿拉伯海的邮轮旅程　　236
从台湾到冲绳及石垣岛　　242
怀念SuperStar Leo　　246
　　Star Cruises的上海历史旅程　　247
　　SuperStar Leo的宁波首航　　250

图片目录　　254

引言
21世纪旅游玩乐的新贵：坐邮轮为什么好玩？

2006年大约一年的时间里，我坐过四次邮轮，俗务繁忙也不能减轻我的热情。2006年，我先在新加坡坐SuperStar Virgo游马六甲海峡，后在孟买坐SuperStar Libra（天秤星号）游印度海岸、在大阪登船坐Diamond Princess（钻石公主号）到天津新港，进行了最远的行程；然后坐30个小时的飞机到南美洲，从阿根廷的布宜诺斯艾利斯经Cape Horn到智利的圣地亚哥。后一旅程我花了20多天。我在北京做餐厅生意，而且此时正开始筹划成都的分店，这20多天令我付出的工作代价（及因此可能引起的经济损失）可不少：做餐厅这种生意不能不看牢，到底是"力不到不为财"的生意。

为什么坐船坐了40次，我仍然如此沉迷于坐邮轮呢？因为我已经上了瘾，每隔一些日子便会想着坐船！

20多年前，坐邮轮算冷门玩意儿，那时我虽已算是个香港高职上班族，但邮轮仍然是有点可望而不可即的玩意儿。今天坐邮轮已经很普遍了。大阪至天津之旅，我在香港订位，结果发现那一航程坐船的香港人竟有200多人。如果内地不是因为签证有些困难，坐船的人会更多。

不可否认，相对于传统的旅游方式来说，邮轮旅游仍然是比较新鲜的玩意儿，仍有亟待发展的余地及潜力。这在内地更是如此。Costa Cruises便将一艘船驻扎在上海，以便做中国人的生意，尽管上海最好的高阳码头甚至还不是一个合适的、有合理设备的邮轮码头。由此可见，邮轮公司已看上中国市场。

根据统计，邮轮客绝大部分仍是美国人，在天津或上海上船的航线也如此，可是美国人中也许有八成以上从未坐过船。可要指出的是，坐过船的大概都像我一样上了瘾，是常客，再加上陆续有新客加入，结果邮轮虽越建越多，船也越造越大，可是大多

数欧美航线都几乎永远客满。

　　为什么我认为坐船如此好玩呢？首先，这玩意儿最方便，只要上了船，你不用奔波投宿，你的流动酒店每天到一个新的地方，一定是晚航早到，十分方便。而且邮轮的服务水准一定高，即使不是最高级的船也会如此。原因很简单，要是服务不好，谁会光顾？而且近年建成的新船，不但大得像海上城市，而且设备好，像一个度假村。上了船，大得惊人的船很快便成为你的家，服务员很快记得你，于是你有了归属感。邮轮的熟客，多半对坐惯的船公司"忠心耿耿"，不想再试别的公司的船。现在著名的邮轮公司，都各有它的服务规格。比方说，Carnival Corporation以fun ship（欢乐游轮）的热闹好玩为号召，而NCL的船则以饮食的多元化、吃饭时间自由受欢迎。你只要选对了你喜欢的船，以后便可以忠心不移。这选择当然是个人的，因人而异。

　　今天坐邮轮跟在泰坦尼克的时代坐邮轮是两码事。当年的邮轮是交通工具，那时还没有能长途飞行的大型飞机，"巨轮"也小得多，今天的巨轮有将近泰坦尼克号4倍的吨位。

今天的邮轮是"游轮"（以前说"邮"轮是因为船是运送邮件的工具），成了玩乐媒介而不是交通媒介。这样一来，改变太大了。新船的特色永远是尽量增加玩乐和餐饮的设备，公用设备占去大量空间，客舱的空间则尽量省。要指出的是，尽管邮轮生意似乎好得不得了，其实很多情况下也只是降价招徕客人。船始终太多了，新船又太大，结果免不了在价格上有点恶性竞争。这竞争有好处也有坏处。好处是坐船越来越便宜，不好的是船费太便宜便只能偷工减料。除了一些五星邮轮像Costa Cruises、

Silversea Cruises（意大利银海邮轮公司）和Seabourn Cruises的高级小船还能提供高档服务外，我不会期待一般广告上说的10万吨级"豪华巨轮"能提供顶尖级的服务。要知道，Silversea Cruises每人每天的平均票价也许是450美元，一星之差的Princess Cruises的票价也许打折后是150美元。但说实话，150美元的代价是绝对超值的。这价钱可以买回酒店式的客舱、服务及交通费，一天可以吃五餐饭，看出色的娱乐表演……尽管不是泰坦尼克号那种对头等客的服务，一般的服务品质还是很不错的。

传统上，邮轮的一大卖点是美食的享受，但这也正是削价竞争后最会偷工减料的一环。以主流邮轮亦即四星级的巨轮如

Princess Cruises的船来说，现在进行一次为期两周的航程，也许只有一天主菜是龙虾（以此为例不是说龙虾好吃，而是因为龙虾的成本）；所谓鱼子酱，竟用三文鱼的鱼子充数。邮轮上的自助餐也只是分量充足，你不会吃到五星酒店级数的自助餐。但这是很公道的事，到大酒店吃一餐你得付出300余元，但四星邮轮的"全包"消费也只是每天大约1 200元。我重视饮食，对食物水准的下降不免有点失望。不过，邮轮公司设想周到，船上会有一些付钱的餐厅，只要付出很合理的代价，让船公司收回食物成本，你是仍然可以天天吃龙虾的。

这几年，像Crystal Harmony（水晶和谐号）、Regal

Princess（帝王公主号）和Seabourn Cruises的船，都曾在秋冬季节一再在香港海面来回出现，以香港为短暂的母港，而我们想试坐一些名船也可以不假外求，不用坐远程飞机，可以在海运大厦上船下船，或者最多在新加坡或上海、北京（天津新港）等地下船，再坐一个短程飞机回来。

多年来，名船如QE2、Crystal Symphony（水晶交响乐号）、Rotterdam（鹿特丹号），甚至当今最高级的Europa（欧洲号），都一再在香港出现。不过，大多数最好最旺的航线仍在西半球。加勒比海的阳光海滩航线虽然不是我喜欢的航线，却是美国人最喜欢的航线，乘客量最大，而且这是全年都可以通行的航线。美国人喜欢天气温暖的航线，追逐阳光。船公司以他们的意愿为依据，是因为根据统计，全世界的邮轮客中，也许九成是美国人。但美国人之中，坐过邮轮的也许只有一成！由此可见，邮轮旅游日益普及、发展潜力很大，所以船公司一直勇于订造新船，年年都有巨轮陆续下水。邮轮一般最低限度仍能旺丁，不因吨位的激增而异。不过，这种旺丁的现象，很大部分是惊人的割价的结果。有时到加勒比海进行一个一周的航程，可以从300多美元"起"（通常是指坐最便宜的内客舱、二人共占一房计），可以一天吃七餐，船上的玩意儿和表演不另收费，这样的消费并不比回樟木头的酒店住一个星期包吃住贵多少（当然，你要付出比船费还贵的机票，飞到迈阿密登船）。

没有不好的船，只有不适合你的船。我上瘾了，但我知道原因是什么！

15

邮轮客的
资料库

Chapter1

16 17

准备去尝试坐邮轮

　　10年前，坐邮轮仍是一种很冷门的旅游方式，"是有钱人的玩意儿"。那个年代，笔者住在香港，虽然早已经常去旅游，足迹也算遍及全世界，可是我第一次坐邮轮，也要等到那年才开始。

　　我的首航，是坐那时最豪华的五星船Royal Viking Sun（皇家维京阳光号），从香港到上海。那不过是四天三夜的航程，但一试之后，乖乖，不得了，我上了瘾！

　　往后的10年，好像是很长的时间，因为邮轮旅游的大规模发展正是这10年的事：今天遨游四海的巨轮，大都是这10年里下水的。最近5年，世界邮轮的总吨位竟增加了一倍多。不单是新船下水取代了旧船，也因为一艘新一代的巨轮，吨位往往是10多万吨，是它取代的旧船的几倍。在这10年里，我已坐过大约40航次的邮轮，游遍了欧洲、阿拉斯加、加勒比海……甚至远及南美水域。

可是，一般的旅游人士，对坐邮轮至今仍有很多误解。确实，邮轮到底还是比较新鲜的玩意儿。今天世界上的邮轮客，绝大多数主要还是美国人，所以，美国人最爱坐的邮轮航线，首推邮轮世界最重要的加勒比海航线，那实际上是从迈阿密或纽约等美国城市开出的"国内航线"。值得注意的是，尽管也许每10个邮轮客便有7个甚至8个是美国人，可是据估计，美国人中绝大多数人仍然没坐过邮轮。由此可见，邮轮市场的前景依然灿烂，而中国也是一个很大的潜在市场！

一般人对坐邮轮的一大误解，是仍然以为坐邮轮是"豪华游"。也难怪，邮轮的宣传往往夸张误导。什么"随身相伴的五星级酒店"，其实那艘船的客舱多半只是10米的斗室，两个人挤在里面会"无地自容"。不过，只是出人民币3 000多元就有六天五晚的邮轮假期，那也不应当期待什么五星级的客房和美食享受了。即使是10万吨级的所谓"豪华邮轮"的舱房，以北京新一代旅游饭店的客房的水准来看，恐怕三星水准也够不上。我同情邮轮公司必须招徕客人，可是"什么都豪华"的宣传，徒然吓走了一些付得起3 000元的客人，也会使客人因"希望越高、失望越大"，坐了以后以为坐邮轮不过如此，反而对邮轮却步。

世界上有的是真正的豪华邮轮，不过这些船多半是吨位较小的船。只有这些船才有达30平方米的豪华客舱，晚餐吃鹅肝、龙虾。不过，最豪华的五星船，如Silversea Cruises或Seabourn Cruises的船的船费，可能是一星之差的四星船，如Princess

Cruises的船的三至四倍。

  也要指出,坐豪华船买的主要是服务的高水准,这些船却不一定适合"任何人",即使他很有钱。如果你并不习惯于西方模式的上层社会的社交酬酢,英语也不流畅,去坐五星船反而可能会不自在,也许还会出点洋相!再说,要看船上的表演,五星船比四星级巨轮的大节目差得远了。五星船的客人多半是早已"见过世面"的成功退休人士,他们坐船寻求的是悠闲,要求无微不至的服务、最高水准的美食,他们不要"好玩"!五星船中的大船怎样努力,也不容易做到小船"两名船员照顾一个客人"的那种温馨的"服侍"。更大的船像Cunard Cruise Lines的QM2和QE2,则虽有五星级的服务,也兼有三星级的服务。很多人(包括我)不愿付高昂的grill class(头等)的票价,坐可容2 000多名乘客的QM2。老板可以坐Grill Class,小职员也可以挤在mauritania(三等)里。QM2和QE2是当今唯一的有等级之分的邮轮。但我想

真正的奢华应当是比较exclusive（高级）的小船才有，因为每个人坐邮轮都有不同的要求和期待，所以，绝对不能说"什么船最好"（尽管有些船"肯定不太好"）。我这样说，除了是基于每个邮轮客都有不同的需求之外，也要指出我坐过很多船：Cunard Cruise Lines、Crystal Cruises、Silversea Cruises、Seabourn Cruises的五星级的船，Princess Cruises、Norwegian Cruises、Star Cruises、RCI、Costa Cruises的四星级的船……所以我的发言有一定的可靠性。似乎上帝很公平，坐邮轮并不是"贵即是好"，很多人，也许可以说一般人，坐五星船很可能闷出鸟来！原来，坐邮轮这样简单的事，也是需要有某种学问与修养的。还要指出，坐邮轮要玩得尽兴，得先做点功课才能尽情享受你的假期。

随着近年世界邮轮总吨位的激增，新下水的船也越来越大，对我们这些消费者真是好事——票价越来越合理。只要上网，到比如www.vacationstogo.com网站一看，便知

Complete Guide to Cruising ◂ 013

道坐船可以打折后如此便宜。www.cruisediva.com则提供了几乎每一艘新船的详细介绍，看了之后，你未登船便可以预订下一周如何"享用船上设施"的计划。计划对不少人来说是烦恼，但计划其实正是旅游的乐趣的一部分。感谢互联网，让我们还没上船前已可详细预知船上的设备，甚至看到图片。要知道，新一代的巨轮简直是一座浮动的海上度假村，上了船的头几天仍有迷途的可能。这样大的船，当然很好玩，不过，要玩得好，必定要预先做点功课。

吃的一环是邮轮的卖点。尽管五星船吃鱼子酱、活龙虾，四星船吃牛肉、鸡肉，最低限度一定食物丰足。有一个笑话：坐邮轮可以一天吃他七餐，早餐、午餐前的热汤小吃、午餐、下午茶、晚餐、午夜自助餐，还有24小时的客房送餐（现在Star Cruises、NCL和Princess Cruises的船，更都设有24小时不寐的餐厅）。这一切的吃，都包括在船费里。更要说的是，以饮食为强

项的邮轮公司，如Star Cruises、NCL和Princess Cruises的船，其晚餐会有不同的多间餐厅可选，多半不另收费，但也会有一两间餐厅收取合理的费用。更好的是要吃哪间餐厅可以到时订位，推翻了大多数其他邮轮公司仍然沿用的传统编位定时入席制。其中，NCL最新的巨轮有11间餐厅可选！一周的旅程，真可能还没时间吃全所有的餐厅便得下船！

当你在码头要登上一艘7万吨级以上的巨轮（megaship）时，你会有震撼感，船太宏伟了。可是，进入客舱，你也许会对"豪华"客轮的客舱的狭窄空间有点意外。邮轮公司这样的设计很合逻辑：大多数客人坐船是为了玩，不会待在客舱里。于是把客舱缩小腾出空间，一方面可容更多客人，以降低票价，也可以把这些空间用于玩乐设施之上。当然，这只是一般四星巨轮的普通舱房的情况，而四星轮也有的是豪华的100平方米的套房。可是，小舱房换来的是新一代巨轮的娱乐设施。这些设施是无可比拟的：多半有像岸上大剧院般的多半层式剧院，有大商店，有几个游泳池，有很大的赌场，有设备齐全的Spa和健身房，有电影院、图书室和网吧……当然还有很多间不同的餐厅。有了这样的设备，而且永远有不同的节目，于是，上船时的震撼过后，很多人就不会再去计较舱房太小的问题了。

坐船10年，包括坐顶级邮轮的航程后，我目睹了邮轮市场的日益扩大，一般人慢慢坐得起邮轮，但也同时看到服务水准的渐渐下降。将货就价的情形很明显。说实话，今天的五星船也不会有当年泰坦尼克号头等客人所接受的那种殷勤服务和同等的食物水平（鱼子酱也"任吃"）。今天坐五星船，打折后大约每人每天400美元的消费，其实还是很便宜的，因为在岸上住在东京或

巴黎的Park Hyatt（柏悦酒店）也得付这样的房价，而邮轮是全包——客房、交通费、饮食、娱乐节目都包在船费里。坐最豪华的10万吨级四星船的每人每天平均价大概只是150美元，所以，我认为坐邮轮不但不是什么奢华事，其实是最超值的享受。

如果要试试坐一次"有水准"的邮轮，我推荐你到还不算远的新加坡，试坐Star Cruises的旗舰SuperStar Virgo，这是新一代的巨轮，设备齐全，我想这才是"最起码的坐邮轮"，新加坡也不算太远，消费很合理。而且SuperStar Virgo上的不少船员都是中国人，连语言问题都解决了。

坐邮轮应有什么规矩？

作为邮轮旅游的热烈推广者，我对香港一套以邮轮为背景的电视剧的上演应当表示欢迎才是。可惜的是，偶然看了一两集，发觉剧里对邮轮情况的描绘简直可以说一塌糊涂，使我简直不忍卒睹。比方说，邮轮的cruise director不是什么邮轮总监，这个职位是负责船上娱乐节目的人，通常是hotel manager（酒店经理）的手下。剧里的枝节，比方说乘客可以在图书馆里大声争吵，可以随时进餐厅吃饭，并且可以饭后跳舞等，都与邮轮情况完全不符。还有更搞笑的：剧里有一场似乎是一个老粗跟一个懂得享受的人一起坐船，两人穿着礼服共进午餐，老粗说吃午饭也得穿礼服实在过分，但那个"高等人"教训他说，这样才是高级。事实当然是没有一艘邮轮会要求乘客穿"晚"礼服吃午饭，所有dress code（着装要求）都是晚上才开始的。穿礼服吃午饭当然不会犯法，只是老土。如果有两个香港人天天穿礼服吃午饭，会多么丢脸？港产电视剧之所以一贯令人不忍卒睹，就是编剧一贯侮辱观众的智慧。编剧没坐过船凭臆想编造，也假定观众都是没坐船的，看不出有错。这件事使我想到一般人对邮轮这玩意儿仍然十分陌生。幸好坐船的香港人大都

"高级"（如果人有高低级之分的话），这种洋相大概只会在电视剧中出现！

坐邮轮究竟有什么规矩？

首先是要看坐什么船。越高级的船规矩越多，但事实却是你违反规矩绝不犯法，不会被赶下船。坐QE2你也可以在formal night（华服之夜）不穿礼服（现在深色的套装西装也可取代礼服），但你不可以进正餐厅。但顾客是上帝，船公司特别为不知道规矩的人设想，他们可以吃自助餐，吃客房送餐。于是在不真正高级的船，像该剧的拍摄地点——四星船Star Princess（星辰公主号），几乎可以肯定的是华服之夜也会有穿牛仔裤之徒吃完自助餐到处闯。乘客守不守规矩，也因地方的公民知识水平而异。不幸的是香港不算是知识水平高的地方，内地更不算。当年我在

SuperStar Leo上一再见到有无知者在图书馆里"演说",看到人人不说话,其发表欲更大,说得更起劲。也常见有洋人在座,真怕洋人回国说香港人都是这样的。我虽然对洋人没什么好感,也得承认他们的行为比我们的同胞更文明一些,他们比较适宜坐Seabourn Cruises和Silversea Cruises的船!

我们中国人有一个通病,就是中气太足,说话嗓门太高。轮船没有不准大声说话的规矩,但在五星船上,乘客大都是所谓的高等人,你在餐厅说话语惊四座,恐怕要比在岸上做同样的事更失礼。在船上其实一如在陆地上,很多规矩只是common sense(常识),视环境而异。正像你在文华酒店说话的音量,应会自觉地调到低于在街上说话的音量。一个受教育的人,不用教也不会不懂规矩,老粗则教他也不懂。说实话,在香港和内地,很多暴发户有的是钱,我现在真的害怕他们去坐船。事实是我看过祖国同胞在法航飞机(内地游客特别多)的商务舱嫌热只穿内衣!同样的失礼行为,在飞机上和船上会觉得更明显失礼。

邮轮上有什么与岸上不同的规矩呢?穿衣服的问题是其中之一,稍为高级的船,会每隔几天便规定某天晚上要穿着整齐,即所谓华服之夜。船的级数越高,穿戴的规矩会越多,但这些船的客人反会恨不得有更多打扮的机会。至于选哪一天来争妍斗丽,也有不成文之法。通常,华服之夜不会选在开船之日,也不会是航程结束的前一晚,

理由是第一天你没有时间打扮,最后一晚你可能要一早收拾行李。而船在海上航行的日子,是你有时间打扮的日子,所以也是华服之夜的适当日子。由此可见,船上的规矩其实绝对是要方便乘客。豪客喜欢受衣着规矩的限制,对这些人来说,大家衣冠楚楚是一种情调。但如果阁下自问不够高级,或者不喜欢受限制,大可选择那些规矩不多的船(船的级数越低规矩越少)。

有些船包括五星级的游艇式小邮轮,如SeaDream(海之梦)系列,以casual、elegance(休闲、优雅)为号召,迎合另一类客人。许多人以为船越大越高级,其实几乎所有五星船(除了三星至五星分等的QE2)都是5万吨以下的较小的船。真正高级的邮轮客,对人山人海的大船反会避之则吉。10万吨的船每次航行要填满2 000多人,必须普及,哪能太高档?坐这些四星船,肯定不会有太多规矩来逐客。很简单,哪会有那么多喜欢规矩的高级乘客?要知道,大多数人仍未富裕起来。

除了衣着这一环之外,越高级的船,船员对小费的要求也不免越高,主要是给美国豪客惯坏了。多年前,小费的规矩令人伤脑筋,简直不知如何给。现在邮轮都会建议你给一点点小费,有些邮轮则说明不收小费,把这问题简化了。不过,在五星船上,美国豪客常常乱给小费,在包括或建议的小费之外,会另外多给(因为美国本身便是个什么都要给小费的国家,何况船上招待那么好)。我们坐五星船,这方面也要有心理准备才真正合规矩。

总而言之,邮轮上好像有诸多规矩,其实,都只是个人修养和常识的问题而已。

吃喝在邮轮

每人坐邮轮都有他的主要兴趣：为游埠、为吃、为娱乐……我是老饕，坐邮轮绝大部分是为了吃！所以，每次坐邮轮一周回来，身体总会胖一圈，尤其是坐了五星船之后！

坐邮轮最"不好"的地方，是不断有吃的诱惑，使你不大想吃也会去吃。在岸上，我一般不大吃早餐和消夜，但在海上，似乎不吃总有点可惜！

邮轮每天吃的时间，大约从清晨6点半开始。那时会有热咖啡和饼干。也许阁下那时仍在熟睡，但肯定有晨运一类的乘客用得着这服务。不论邮轮是怎样的级数，大概一定不会让乘客挨饿。

28

　　现在的邮轮，大概24小时都有吃的去处。东西不一定精，但肯定有很多东西吃。

　　早点过后，7点半到10点是早餐时间。这是传统的"一日三餐"之一，可以是大大的一餐！你可以选择在正餐厅吃侍应侍候你的大早餐，坐SuperStar Virgo还有中西早餐之选，像Princess Cruises的船会有粥和面供应。你也可以选择吃自助早餐。当然，你也可以选择在客房里吃送来的早餐，像住大酒店。

　　错过了时间也不要紧，因为船公司会马上供应所谓的Mid-Morning Bouillon，是清汤（或称味精水）和饼干。当然，这时候的小食摊（供应热狗等小食）已经营业了，尽管那可能要付钱。如果你不介意付合理的费用，很多新一代的船不论何时都会另有吃的去处，像NCL和Star Cruies的船上的蓝湖咖啡厅（Blue Lagoon）。但我们先看免费的去处。

29

　　午饭也有正餐厅和自助餐之选。在正餐厅吃午饭，菜品的选择会较少，即使是坐五星船，也是晚饭讲究而午餐从简。正餐厅可能晚上编位，而午餐大概是自由席。不好的是，除非是五星船，否则会把你带到大桌子拼桌。

　　下午茶虽不是正餐，但在船上也食物丰富，这是吃西点和三文治的时间，多半还会有像沙爹之类的简单热食。

　　晚餐是正餐。新一代的船都会有很多个船费包括在内的餐厅可选，也有要收钱的，但收费都会很合理，通常只收10至20美元，算是cover charge（服务费）。

　　好几次坐船，岸上游回来后，多半会有甲板上泳池畔的烧烤餐，务求你回船后马上有得吃。

　　然后，邮轮的传统是半夜有消夜，吃Midnight Buffet（午夜自助餐）。如果是五星船，大概会有现场烹调的牛排。一定有的是大量的

30

新鲜水果和西点。

Costa Victoria（歌诗达维多利亚号），不是驻远东的小轮，其午夜自助餐在厨房吃！你会发现邮轮的厨房大得惊人！

吃得饱饱而意犹未尽的，可以半夜三更打电话叫客房送餐。在这一服务中，最奇怪的是吃的方式最多的Star Cruises的邮轮反而要收费，而西方邮轮大多是免费的。

这样一算，一天吃七顿也大有可能，甚至吃八顿九顿！

可以肯定的是，不管坐哪种级数的船，食物肯定丰足。尽管食物的质量可以因船而异，尽管水准差距可以很大，但我敢说大多数乘客都会满意。很简单，吃惯Petrus（香港珀翠餐厅）和Nicholini's（香港意宁谷酒店）的人大概正是五星船的客人，吃惯美心（香港美心大酒楼）的则坐三星船、四星船，于是大家都会得到符合或超出个人预期的享受。今天，几乎每一艘船都会在预算范围内致力搞好饮食，绝对不会偷工减料。很简单，船公司必须有满意的回头客人，船不是交通工具，是游乐设施，如果不好，谁会回头再光顾？

今天以吃的一环为主要卖点的邮轮，都有很多间餐厅可选。过去的编桌入席制，已逐步被自由坐席制（open seating）取代，乘客如在岸上，每餐都可以选餐厅，只不过免了餐餐吃完付账的

麻烦。也有不少船仍沿用过去的编位法，这方法本人不喜欢，但如果一大堆朋友结伴同行，每天一起吃饭、受同一侍应接待，可能更好。所以，选船的时候，应先弄清楚这船的餐饮制度。

绝大多数邮轮客坐的都是7万至10万吨的新一代四星巨轮，而仅一星之差的五星船，其票价贵得多。它们最大的区别是"软件"，主要表现在食物上。你如果很讲究，要吃鱼子酱、鹅肝和新鲜龙虾，那得坐五星船。Carnival Corporation的船上有大量烹制的banquet food（宴会食物），而Silversea Cruises的船上，每个order（每点的一道菜）都是现做的，用料也不同。在QE2的头等舱，午饭时经理会来打招呼，给客人看晚餐的餐牌，如果客人不喜欢上面的主菜，他会鼓励客人选自己想吃的"任何菜式"，然后吩咐厨师另外做，不另收费。坐五星船，乘客可以吃不在餐牌内的任何东西。真讲究吃，就得坐五星船。

邮轮上的娱乐和康体节目

在邮轮上，除了吃的一环最重要之外，船上的娱乐也很重要。许多人坐船，很大部分原因是看表演。邮轮提供的整体娱乐，包括怎样好好地利用船上的康体和玩乐设备。

当然，所谓娱乐，取向因人而异。老友告诉我，某年过年时，他和朋友坐SuperStar Leo，巧遇麻友，结果大部分时间都在麻将房度过。可不是船上没事做要打麻将消磨时间，而是麻友相逢千圈少！

今天的邮轮，大部分地方都是吃喝玩乐的去处。新一代邮轮的设计，都把客房应占的面积尽量节省，以腾出更多玩的地方。

在一艘新世代的超大邮轮上，船上玩意儿应有尽有。许多人喜欢游泳和健身，也有人喜欢甲板上的玩意儿。像水上高尔夫球一度是创举，现在已不新鲜了，RCI的巨轮Voyager of the Seas（海洋航行者号）和姊妹船，率先利用巨型烟窗的墙壁做了一堵

36

37

38

028　▶ 邮轮客的天书

爬山墙,成为邮轮玩乐设施噱头的代表作!这类层出不穷的新玩意儿,会在新船上陆续出现。

走上一艘大船的顶层,也就是一般所谓的阳光甲板层(Sun Deck),你可以看到邮轮尽量利用它的寸金尺土来做娱乐设施。甲板上画上了格子,可以玩滚球,甚或网球。很多船都有一条绕船一周的散步或缓跑径,SuperStar Virgo上有篮球场,可是我从来没看到有人打篮球(你会买票上船打篮球吗)!总之,新一代的巨轮,玩乐设备务求应有尽有。船上的甲板康体节目,包括教跳舞、教健身舞、教太极等,都有人捧场。

康体设施应有尽有之余,也有静态的活动场所,像图书室、纸牌房和只要有中国人便会有的麻将房。船上也会有诸如教烹饪、教调酒、教玩电脑等玩意儿。看船上的每天活动日志,总之整天都是节目。

但许多人坐船,很大的目的是观看表演节目。

船上的表演可以很精彩。当年SuperStar Leo上的白老虎魔术演出,真的在拉斯维加斯也不易看得到。一句话:极精彩!可惜那年老虎也不敌SARS,好戏被迫腰斩。

娱乐表演是Star Cruises的邮轮的强项,很多更高档或更大的船都没有如此精彩的表演。Star Cruises的演出特色是热闹,不像许多美国船的表演,因为考虑长者乘客或老夫老妻一起坐船的需要,往往说笑话也可以是重要的项目。这些船的舞蹈表演,也不敢走Star Cruises的有点性感的路线,跳舞往往是连带着歌唱的家庭观众节目,使我想起当年的MGM歌舞片。

像坐Golden Princess,你会发现它的表演场面宏大!我看过的一场叫做"Lights、Camera、Action"的production show(制

作戏），1小时里换景8次之多，舞台上的表演者多达20人，真是场面宏大。也只有这样的10万吨级超大船，才能有这种规模的演出。

我曾坐Norwegian Star（挪威之星号），船上的表演场面也很大，台上演员20多人。最大的惊喜是在上岸前的压轴戏里，各组船员纷纷穿着各部门的制服，登台谢幕，从侍应管房到工程人员，最后船长也出来了，台前挤了几百人。这是NCL地道的谢幕方式，观众看了感动，以后便成回头客了。

要演讲究的戏码，先得有high tech（高科技）的大剧院。新一代的大船都会有一间真正的大剧院：旋转升降大舞台，电脑控制的高科技灯光效果，激光设备……但20世纪70年代以前的船，都没有这样的设备。即使是名船兼大船如QE2，因为没有一间真正的戏院，所以不可能排出这类大型的制作戏，于是它的节目主要只是魔术、清谈和清唱。这些旧船，恐怕连足够的化妆间也没有。当年在五星船Caronia（卡罗尼亚号），舞蹈员得在楼梯间化妆，芭蕾舞演出是在舞池上演的。

要看表演，那大概是船越大越精彩！只有新一代的巨轮才有足够的舞台设备，有面积够大的旋转舞台和保证有够多的观众捧场，具备了这些条件，才能排出大制作。这方面，昂贵的五星船反而逊色，因为五星船大都是小船。

可是，也许五星邮轮客人偏老，也许富人的文化品位比较高，五星船上的节目，主要是清唱清谈、名人演讲、古典音乐演奏。但五星船虽贵，船费仍然不够贵，请不起郎朗那样的名家。再说，名家天天赶埠"跑码头"多赚钱，也没有时间待在船上表演：不能演出一场便赶着下船，到别处"跑码头"演下一场。也许能到岸下船时已是好几天了。在阿拉斯加这样的地方，又不一

定有班机可以快速送你到别处赚钱，甚至不一定有机场。

所以，要看船上的大表演，应选四星大船，像Star Cruises、NCL和Princess Cruises的大船。

大船上的大型表演，布景花样多、灯光效果好。像SuperStar Virgo上的舞蹈员，不一定都漂亮，但身材一定出众！这些舞蹈员大都来自俄罗斯、澳洲和南美。Star Cruises的舞蹈员会先在马来西亚总部排练，然后在SuperStar Virgo和云顶的夜总会先后巡回登台，每个合约为期5个月。

外国船公司则很多依赖剧团公司提供演出节目。世界上有许多专门供应邮轮演出节目的公司。船上的演讲之类的节目，演讲者也是由一些演出经理人公司提供的。

这个问题我有点研究。我曾在Crystal Harmony上与一位演讲的黑人女士一见如故。我想到自己爱船成性，万一炒股炒砸再坐不起船，大可上船讲收藏古董笔、讲中国书法、讲香港购物之类来混船坐，所以乘机问道于这位女士。她告诉我，那也得经特定经理人公司的介绍，抽佣后净收入很少，但能享乘客待遇、住在乘客的客舱、在乘客餐厅吃饭，其实也只是赚了免费坐船罢了。

船上的艺员倒很卖力。SuperStar Leo的舞蹈员除了演出之外，还轮班迎宾送客、教跳舞、和乘客合照留念，工作态度认真。俄罗斯舞蹈员技术不错，最近坐船看戏，一名男舞蹈员竟有停在空中较长时间的能耐，芭蕾训练不错。不像有时坐美国船，舞蹈表演不是跳舞，只是踏步。

我曾坐当年的五星船Sea Goddess（今之SeaDream），见钢琴手高大威猛，而天生我材必有用，每晚他弹琴必有一位古稀女知音，坐在他身边不停给小费。那天下船时，赫然看到他帮忙搬行李，充分利用他的力气。我第一次看到琴师兼任挑夫。

表演节目大都走老幼咸宜的路线，邮轮到底是家庭乐园。节目的安排以一个航程为演出周期。在加勒比海坐完东线再坐西线，即行内所谓的坐back to back，看的节目可能很多都一样，因为演出者会在中途埠过船。除了专业舞蹈员的表演外，邮轮也会安排船员客串表演。总之，船上表演一定多，不一定都精彩，但演出永远卖力，所以总有看头。

46

邮轮娱乐设备和表演的安排模式

话说坐邮轮是"全套娱乐",不但包食包住,也包括一整套的娱乐节目!这是邮轮好玩、收费又合理的地方(五星船的每天包办收费,往往比陆上的豪华酒店便宜)。即使不是钱的问题,在船上看戏免去购票的麻烦也是一大乐事。笔者知道今天有的是为了看show而去坐船的人。船上的表演、娱乐设施和娱乐场(赌场),是很多人去坐船的理由。笔者多年来目睹邮轮上的表演日益好看:10年前笔者坐船不大看表演,现在坐船时,大多数的表演都会是座上客。

船上的表演,今天往往达专业水平。当然,也得看是什么船和什么邮轮公司的船。一个有趣的情况是,很多最高级的五星船,船上的表演反而不好看!要船上的表演好看(是指表演节

036 ▶ 邮轮客的天书

目是用心制作、场面大的热闹演出），你应当选择大船（今天，大的定义是7万吨以上）。五星船的高级客人多半年龄较大，坐船为了休闲，不像三星船、四星船的较年轻的客人，上了邮轮可能比在陆地上更忙，而且这些人更精打细算，一定要玩尽自己付的每分钱的物值！于是，为了竞争，船上的表演制作越来越认真，重视表演这一环的船公司更是如此。

　　邮轮上的表演节目的安排，大致有某种不成文的规定。

　　节目丰富是必然的，也就是说，每天晚上必定有不止一个表演节目可供乘客选看。今天的超级巨轮，一定有一间可容500到1 000名观众的大剧院，加上一间有几百个座位的表演大厅（show lounge），这是每晚主要表演节目的场地。此外也会有电影院和多个有表演看的酒廊，都是夜夜笙歌的去处。

　　新世代的超级巨轮，在设

54

计上都会把很大的比重放在娱乐设施之上。每天晚上，这些表演场所，可说在"出尽八宝"（粤语，意为费尽心思）争取你的光临。通常，最重要的表演会在大剧院上演，会先后演两场，以便乘客饭后有适宜欣赏的时间。

这表演应当是大场面、服装布景讲究的大制作节目。大邮轮都会雇用一批职业艺员担当主要的表演节目，但他们也得休息，所以他们演出过的次日，会由船上娱乐组的员工配合客串的其他职工，来担任表演。

通常，无论一次航程是两晚或三晚，观众都有机会看到每晚不同的主要的大show。其实，除了这场主要演出之外，一定会同时有别的演出。有时，在表演大厅而不是大剧院里的演出，也可以是大规模的演出。至于演什么，固然是邮轮因应客人的要求而设计的，但多数的主要表演都会是百老汇式的热闹化妆布景歌舞剧，再配合魔术和杂技，构成通常演45分钟而全无冷场的一出好戏。这场戏的演出者都是专业艺员，所以演出水准会很高。新

一代巨轮的大剧院大都有一流的激光与音响效果,观众可以看到岸上付不少钱买票才可看到的、一点不含糊的演出。

我坐过很多公司的船,认为还是Star Cruises、NCL、Costa Cruises和Princess Cruises等邮轮公司的表演有一定的规模,热闹而好看。不过,表演好不好,也得看邮轮公司是否重视,以及对演什么的取舍。再说,所谓好看,根本是见仁见智的事。五星船上的有钱也较有文化修养的叔叔伯伯们,可能认为名人演说或古典音乐钢琴独奏才是最好的节目,所以五星船上的节目有很多这类演出。那当然不大适合街上的普罗大众,但街上的普罗大众也当然不是五星船的客人。

坐邮轮的真理,是收费昂贵的高级船不一定适合每一个人(尤其如果阁下只是个普通人)。不过,可以想象得到的是,那些7万吨以上的新世代巨轮的客人会是普罗大众,于是,这些船都

会排出适宜他们的节目来。

　　我坐过很多不同的邮轮,包括多艘五星船。五星船收费昂贵,主要是因为个人空间大、食物好和招呼周到,但五星船的表演不一定是五星级的。五星船根本不重视表演,而船上的叔叔伯伯也不喜欢什么百老汇式的大表演,可能连看美女都因已超龄而不感兴趣了。如Seabourn Cruises的几艘五星船,船只有一万多吨,自然连一间真正的剧院都没有,也不会有什么大表演了。这些高级船的载客量甚至不到200人。但Star Cruises的客路不同,其邮轮的剧院大、客人多,观众也要求要看热闹的表演,于是便得在表演环节花工夫了。即使是小船如SuperStar Gemini(双子星号),表演也绝无冷场。尤其舞蹈员美女多,而且全部着性感舞装,演的算是"艳舞",真是娱乐性十足,令观众"眼睛吃冰淇淋"!

58

邮轮上的客房

　　坐同一艘邮轮，乘客付出的船费差别可以很大。这差别主要是看你住怎样的客房，别的享受一般没分别。

　　无论住什么等级的客房，你获得的餐食、玩乐享受完全一样。世界上只有Cunard Cruise Lines的两艘船QM2和QE2规定住什么级数客房的客人使用什么餐厅吃饭，而餐厅的质素有很大的差别，其他的船，饮食娱乐的享受完全相同。SuperStar Virgo虽给露台客房的乘客一个可用于付费餐厅的现金回赠，但住便宜客舱的客人，仍可付钱使用付费餐厅。这是比较聪明的分级方法。

　　几乎全部邮轮，都不会对乘客区别对待。所以，坐船是为了去玩的客人，反正整天都在客房外的设施玩，难得躲在房里，对于住房，大可因应自己的消费水平而节省点。再说，大多数新一代的巨轮，都把船上大部分宝贵的空间用于玩乐设施上，所以即使是较好的房间也还会偏小，大不了许多。

当然，每艘船都会有一些大套房，面积可以很大，价钱自然也会贵许多了。真正要住得像岸上的大酒店一样舒适，那得住这样的客房。QM2上有2 249平方英尺（1平方英尺约合0.09290304平方米）的复式公寓，但只有真正的富豪才住得起。就算是SuperStar Virgo，其mini-suite（小型套房）也等于两个普通的露台客房。有趣的是，这样的豪华套间不多，而有钱人却似乎太多，套房往往很快售罄，远比最便宜的内舱畅销！

那么，坐邮轮选客房，有什么要考虑的因素？

首先，当然是由阁下的消费能力和阁下坐邮轮对客房的需求而定。有时，客房的大小和设备相差不远，价钱可以相差一倍。有人说海景不过是永远一样的一片汪洋，除非你在阿拉斯加或下龙湾才真有点风景可看。但说实话，到了阿拉斯加的冰川湾，我也不会待在露台客房里，一定会跑上船顶空旷的地方。在下龙湾，如果你的

60

露台客房在不对的一边（有景可观的一边是去程在右边，回程在左边），那你在房里看到的只是海，风景都在另一边。

在墨西哥的Cabo San Lucas（卡波·圣·卢卡斯），我躲在露台客房里，以为没有什么好看的，但偶尔上船顶，才知道原来风景极佳，风景都在另一边。在北极圈里（Northcape之旅），因为太阳不会下山，所以我想，住内舱可能反而有好处，不会因为不夜天不停的日光令人有jetlag（生理节奏失调）的感觉而不能入睡。

我注意到，很多洋人即使租用了露台客房，也喜欢在甲板上晒太阳、在走廊上吹风、在大堂或图书室看书。也许这样才像坐船，躲在房里反而像在家里了。

对一些精打细算的人来说，客房的大小反正也差不了太远，风景也不一定重要（反正最好的风景得从船顶空旷的地方环回欣赏），所以他们选便宜的客房，省下来的钱可以多坐一次船。可是，也许大多数人仍选消费能力范围内最好的客房，反正要享受就得尽兴。基于此，我想谈谈选客房的基本准则。

看价目表，可能同样的客房，价钱也有分别（一艘船的客房分级会划分成售价不同的20多级）。原来，客房虽然都一样，但它在船上的位置不一样。船中央到船头、船尾的距离都一样，有某种方便，坐现在的超大的船，在船上会有跋涉之感，而船中央在有风浪时摇晃较少。此外，通常楼层越高，价钱越高，尽管高层在风浪大时摇晃也大，而且最高一层的上面可能就是甲板层，会有人在上面走路或跑跳，比较吵闹。这说明，对你的需求来说，较贵并不一定较好。

许多船最贵的大套房都在船尾，理由是这个位置可以打开门看风景而不用吃当头风。不过，这个位置最吃浪。尽管现在的船

大都会选风浪较小的航线，但天仍有"不测之风云"。一般冬季是有大浪的时间。也许你的船很大，但相对于汪洋，大船小船都是沧海一粟。

基于客房的舒适度来选客房，以付出多少买回什么来衡量。我注意到，最便宜的客房不一定最划算。有时较贵的客房，以每平方英尺空间计算，反而更便宜。在Princess Cruises和RCI的新船上，mini-suite比普通客房大了一倍，但定价不是两倍，尽管折扣价会近两倍。如果对客房特别讲究，应当仔细研究船的说明书。真正懂船的旅游agent（代理），如香港著名的"契爷张"，他知道每一艘船每种客舱的"性价比"，可以提供宝贵意见。可惜的是，大多数代理对船的了解不深，甚至不懂！

同时要指出，在同级船中，有些公司的邮轮客房比别人的大。比如，Carnival Corporation邮轮的客房便比对手RCI的客房

略大，尽管价钱反而较便宜。每个船公司的操作构想不同，是因为每个公司要适应客人的要求。

无可否认，有些船公司的客房特别大，但它们多半是五星船。五星船和四星船一星之差，实价往往是两倍甚至是四倍之差。五星船中普通客房特别大的，有Europa、Radisson Seven Seas（雷迪森七海邮轮）、Silversea Cruises的新船和QM2。这些船的普通客房也有约300英尺（1英尺=30.48厘米），差不多是标准数字的两倍或普通船特级套房的大小了。五星船的设计，客房大小占的比重比四星船高，娱乐设施占的比重则比四星船低。饱见世面的长者豪客坐船，舒适和服务最重要，好玩不好玩不重要。

邮轮变相减价的一个方法是提供free upgrade，即给客人把客舱提升一级。所谓级，有不同的解释，普通海景房升一级不一定表示升为露台房，可能只是给你一个定价较贵的一样的房。此时，不妨多问一问，更不妨在订位时问一问有无free upgrade。

简言之，选客房之道，主要由你对客房的需求而定。愿意住得拥挤些，你可以节省许多。船公司的报价，说"from"（由）多少钱起，所报的价只是两人共用一个最便宜的内舱客房每人付的价钱。单人使用一个房间，往往得付两人的价钱，尽管有些船的一些航线有时只收150%，但那多半是五星船，如Silversea Cruises的船。也有小量船只特设较多的单人房。有些船则有guarantee single（担保单）的安排，收取一个算较合理的价钱，看临时情况给你一个best available，即开船时仍售不出的较好的客舱，这舱位的等级无从预估。但总的来说，邮轮的定价对单身客不公平，因为很少人像我一样喜欢"单人匹马"去坐船。

Complete Guide to Cruising

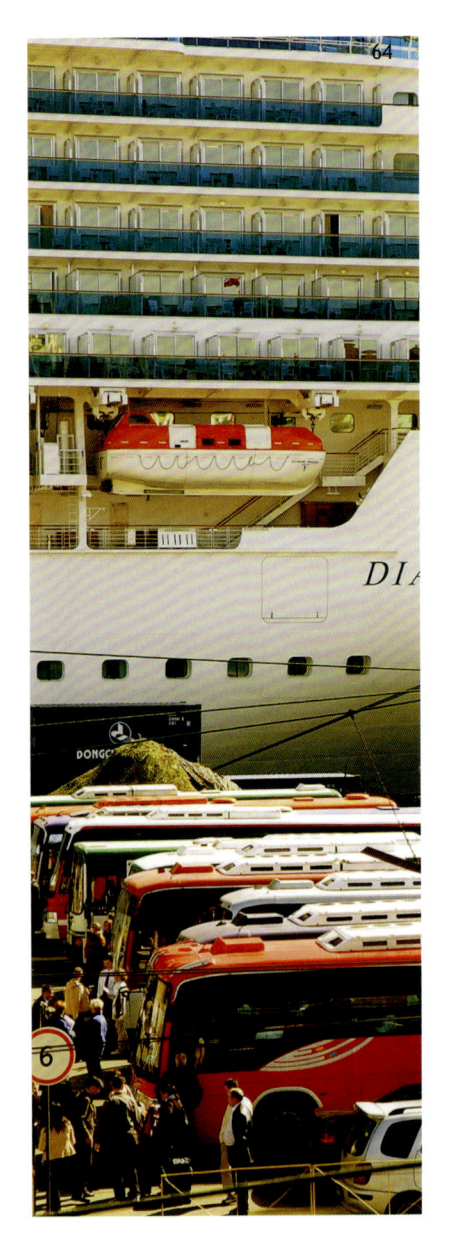

坐邮轮的岸上游节目

表面上，坐邮轮是一切"全包"的玩意儿，但事实却是，很多人到下船时埋单，还得付出为数不少的额外的开支。这些开支，并不单是像吃付费餐厅的有限合理消费如此而已，更主要的是每次到埠时，参加船公司办的岸上游（shore excursion，简称shorex）的消费。

以Star Cruises的邮轮为例，一次整天的岸上游还包午餐，也许只是收300至400港元，但在外国坐邮轮，有时3小时的岸上游收费已是50美元，5小时的岸上游往往每位得付出80到100多美元。以标准的一次一周旅程，参加5次岸上游计，这项消费已达每位3 000至4 000港元，加勒比海的一周之旅，打折后的船费可以低至大约同价！

一次坐NCL的邮轮游南美，看到一项乘直升机登陆南极的岸上游，收费是每位大约2 000美元。这价钱差不多等于坐15天全程的票价了。

船公司很聪明，割价拉客之余，知道即使船费割价促销后已无利可图，但却有许多收复失地的机会——在远东可能有娱乐场的豪赌客支持，在外国则有岸上游、纪念照片和船上艺术品拍卖（绝对愚弄人的玩意儿）。其中，岸上游有很多"不求甚解"的人参加，所以邮轮会有很大的收益。

于是也就难怪船上大力推销岸上游。船上有特别的推销员和办事处，几乎天天有岸上游的讲座等，而岸上游去的商店也会在船上的印刷品中放广告，给船公司带来收益。但如果阁下做了功课，就会知道很多岸上游是不必参加的。举个最易明白的例子：船到了香港，其中的一个岸上游节目可能是购物游，但船泊在海运大厦，其实一下船便是最好的商场了。再说，岸上游可能是带你到新界去。如果游客只在香港待一两天，随团去新界而放弃城市本身，显然不是个好主意。我们时间有限，要懂选择好玩的去处。不过，船上介绍岸上游，往往会介绍什么都好玩。乘客选择是否要去参加岸上游，首先要知道自己想看的是什么，否则参加岸上游，除了白花钱外也失去了看"应看"的地方的机会。像香港、新加坡、上海、神户、釜山、温哥华和旧金山这些地方，码头都在市中心，这些地方也是城市本身，便不用参加岸上游了。

但如果换成吉隆坡、曼谷、北京、东京、首尔、罗马和洛杉矶这7个地方，因为其码头不在市内（都在别的城市），那就得借助船公司的安排了。比方说，所谓到北京的船，其实会停泊在天

65

津新港，即使高速飞车，车程也得3个小时！其余6个地方情况大约也如此。

有些地方，船到的港口根本不是城市，没看头，所以不如参加岸上游，去看风景。像环绕夏威夷群岛的邮轮游，到的大都是没有活动的小港口，参加岸上游去看火山也许才是上策，即使那要花一两百美元。

每次到这类港口距城市遥远的地方，我会预先做功课，看看当地交通情况。一艘好的船会给客人提供自由行动的详细资料，即使那会少做包办岸上游的生意。更好的五星船公司如Silversea Cruises和Crystal Cruises，还会提供免费穿梭巴士接送乘客。

在最主要的邮轮航线，像全无实质本地经济活动的加勒比海和阿拉斯加的港口，当地民生全靠做邮轮客生意，所以一上岸便是方便的设施。加勒比海的港口市中心即使不在步行距离，也会

66

　　有穿梭小巴来往码头，既方便也取价合理，但有时得预先安排。比如到了Liam Chabang（曼谷的港口），既远又不方便，非得预先安排不可。幸而那里接近Pattaya（帕塔亚），还有就近的旅游点，不像到了天津新港般呼天不应（就算到天津市里也很远）！到这些地方，船公司的良莠立见。好的公司会考虑到客人的需要，不好的公司则乘机迫你光顾岸上游。

　　在阿拉斯加，世上最热门的邮轮航线之一，邮轮停泊的地方往往正是市中心，根本不用参加什么，可却肯定有人付100至200美元去坐直升机在天空上看风景。实际上在这些小镇，舒舒然逛逛街、看民生，才是更大的乐趣。

　　在阿拉斯加的Juneau（朱诺，美国阿拉斯加州的首府），船公司也许会准备车带你去看冰川，收费30美元看似便宜，但其实上了岸，你会发现码头旁边便有公共汽车穿梭冰川，收费也许仅为10美元。

　　香港人坐船，喜欢到欧洲游大城市。这些大城市，大部分交通很方便，你用不着参加什么shorex。笔者往往不参加岸上游，不是收费太贵的问题，而是我着实怕赶鸭式的旅游，大大违反了坐船自由自在之旨！但游欧洲某些大城市，你非得预先安排不可，这完全是交通是否方便的问题。

　　例如，所谓到伦敦、罗马、佛罗伦萨或柏林，都得靠船公司

67

的安排，因为这四个地方都不是港口城市。

　　由上述讨论可见，岸上游是否值得参加，完全视个别情况而定，出发前应做点功课。最好是向曾经去过这些航线的朋友查询，否则不妨买导游书，或者上像www.cruisediva.com这样的网站找资料。现在互联网发达，你只要搜寻"Port of Los Angeles"之类的关键词，便可得到有关资料，于是，你会发现洛杉矶港根本不在洛杉矶！

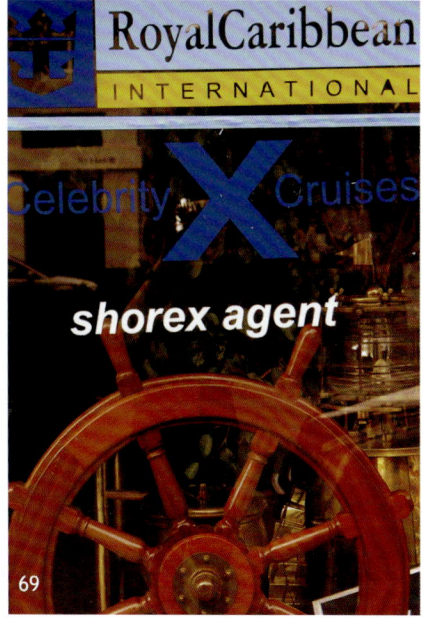

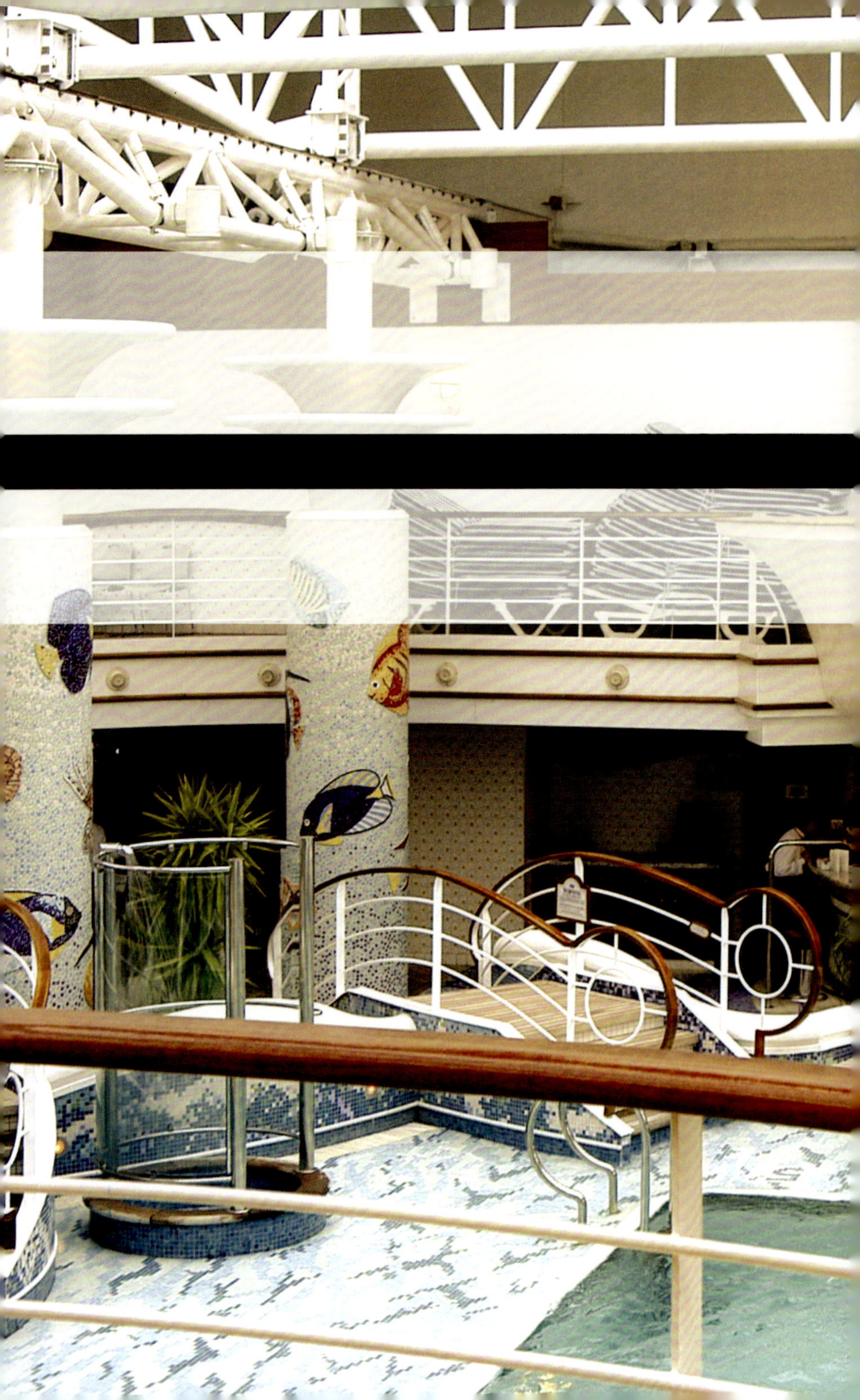

邮轮的新世代

Chapter 2

邮轮设计迭见新猷

邮轮旅游兴旺起来，其实是近十年的事。最近几年，业内不断淘汰旧船，代之以新船。笔者想到，我一直想坐的几艘经典的邮轮，远者像有"大白鲸"之称的Canberra（堪培拉号），近者如Norway（挪威号，前法国号），都忽然间退役了，没机会坐了。而且不少名船的命运大概不出拆卸成废铁之途，真可惜。最可惜的是，有些船的经典设计已不复见。

年轻时看到Canberra白色修长的侧影停在海运大厦，好像大得惊人，真想上去观光，却求之不得。其实，这艘当年的巨轮的吨位比4万吨的SuperStar Pisces（双鱼星号）也大不了多少。不同的是，

Canberra是修长的船，而双鱼星号则"向上发展"。

"向上发展"，楼高可达十多层，公寓般的设计正是新一代巨轮的设计趋向。以前的船是远洋交通工具，今天的船是海上度假村。从前的船担当运输功能，必须有速度，适合在远洋风浪中行驶；今天的邮轮其实只是在海上漫游的玩乐设施。所以可以想见，由于用途不同，新船、旧船设计迥异。这些年来下水的船，只有一艘QM2是远洋船（ocean liner），其他的船一律是漫游邮轮（cruise ship）。出现这种情况完全是因为市场的需要。

上面说的已沦为废铁的经典名船Canberra，尽管在今天看来已不算大，也肯定不豪华，但它的观光价值除了它是经典船之外，还在于它和许多不同时代的名船一样有设计特色。Canberra是唯一客舱有类似"天井"设计的船，这一设计使通常没有窗口的内舱（inside cabin）也能采天然光。几十年后，才有内舱有景可观的船——RCI的Voyager of the Seas（海上航行者号）。这艘船有些内舱可以从窗口俯瞰船中的大堂（atrium），像一些酒店的设计。邮轮的设计，真的是新猷迭出。这正是我对不同的船有不同的兴趣的原因。如果你对这个问题有研究，那也许即使只是一艘普通的船也会令你感兴趣。船与飞机不同，

Complete Guide to Cruising ◀ 057

73

设计层出不穷。

新船的设计如此这般，有它的原因。比如Princess Cruises的邮轮，108 865吨级的Grand Princess系列的船（称为Grand Class），在成功推出好几艘甚至更大的船之后，又忽然另外设计了稍小一点的91 627吨级的Coral Princess（珊瑚公主）系列，这是为什么？原来，Coral Princess系列的船，是为行驶巴拿马运河而设计的。Grand Class的船，船身宽度是118.1英尺，进不了巴拿马运河，而Coral Princess系列宽105.6英尺，刚好可以通过。QE2的宽度，也只是105.1英尺。不过，Coral Princess的长度是964.5英尺，比更大的Grand Princess系列的951.4英尺更长。这是邮轮公司要另建这个新系列的原因。走巴拿马运河的重要性，除了运河之旅外，也要想到运河是唯一从太平洋到大西洋的捷径，不走运河，换季时，从阿拉斯加或墨西哥湾转走加勒比海线的转移母港航行，即reposition，得花20天绕行南美。太大的过不了运河的船，便注

定只能安置在太平洋岸或大西洋岸。

这就是当今最大的邮轮——160 000吨的RCI的Freedom of the Seas（海洋自由号，Ultra Voyager系列）、150 000吨的QM2，以及137 280吨的RCI的Voyager系列的船，只能放在美洲大陆的东边或西边的原因。有趣的是，尽管QM2比Voyager of the Seas"更大、更高和更长"，但论船身的"最宽阔"则不及Voyager of the Seas（134.5英尺与155.5英尺之差），所以后者可以夸称船上独有香榭丽舍大道般的宽敞大道。Ultra Voyager的Freedom of the Seas的设计以点数取胜刚刚大于QM2，其实只是刻意斗大的游戏。只是，更大的船肯定会再出现。邮轮的设计，可说家家不同，但其实每个设计都有它的道理及逻辑。

无可否认，新船的设计有它的优点，最重要的是新设计能适应市场需要。新船设计的优点，包括操作安全度的改善、省燃料、吃水（Draft）较浅（因此较易进出港口，容易操纵，所以可以省了泊岸用拖船）。在布局上，新船会刻意把吃喝玩乐用的公共空间增多，但缺点则是客舱较小（因为空间都用于玩乐），而且因吃水浅，遇上风浪会摇晃不堪，所以很多人会怀念旧船的好处。

不过，尽管新船舱房小，新邮轮客舱的设计却舒适得多。也许最重要的改进是旧船的窗口，原来是圆洞小窗（porthole），而新船有观景大窗，甚至多半有露台。近年，露台的设计变得十分重要，尽管很多人不会用得着露台，也要"霸占"一个露台房才过瘾。现在已有设计上全是外舱甚至全是露台舱的新船。在泰坦

77

80

78

81

79

82

尼克号的时代,今天通行的露台房是匪夷所思的设计。

将来下水的新船,肯定会再有设计上的新猷,但有些不太新的船仍有独特的设计。例如1992年下水的Radisson Diamond(雷迪森钻石号),仍是当今唯一的双体式设计的豪华邮轮。这一设计的要点是能耐风浪,可惜后来卖到香港做了赌船,有点"英雄无用武之地"。

如果我有花不尽的钱和时间,一定会想办法试尽每艘设计有特色的船。尽管不是海洋建筑师(naval architect),但我觉得邮轮千变万化的设计的确引人入胜。

我们作为邮轮客,也应对船的设计有点认识。比如,上述双体船的设计,最大的优点是它较能耐风浪,而吃水深的船像QM2,也能吃浪。相反,帆船式的设计最不能耐风浪,所以,怕风浪的朋友千万不要图新鲜坐Star Clipper、Club Med和Windstar等的帆船。我们选船的时候,除了注意船的服务质量和设备(比如,以Berlitz Complete Guide to Cruising and Cruise Ships,即《贝立兹邮轮完全指南》的评级为代表)之外,其实也应考虑到船的设计是否适合自己。曾有朋友为了过坐帆船的瘾去坐Star Clipper,结果全程几乎都在呕吐中度过,苦不堪言,这便是"前车可鉴"了。

邮轮旅游有什么"不好"的地方？

作为邮轮迷，我自己对坐邮轮有无穷的兴趣，简直可以"坐过世"（意为坐到去世——编者注）而不厌。可是我也知道，并不是人人都和我"一般见识"！我知道，邮轮对很多人而言有不合适的地方。最重要的是，大多数人对坐邮轮这玩意儿仍然没有足够的理解，却糊里糊涂地坐上了船。基于此，本文试从另一个角度，分析坐船对某些人而言有什么"不好"的地方。

有一类人绝对不宜坐船，他们是会晕船的一族。表面看来，十几万吨的巨轮像巨无霸，当SuperStar Libra小轮在维港里左右摇晃的时候，SuperStar Leo稳如泰山。可是，到了汪洋大海，多大的船都只是沧海一粟。曾在洛杉矶坐船走墨西哥湾，开船之初，船面甲板强风刮面，但10万吨的Star Princess纹丝不动，船上有人便马上下结论说，这样大的船绝不怕浪。不幸当晚便见功了，出海后大船同样摇晃。坐船吃不得风浪是最苦的事，因为船可以摇晃几天，最严重的情况，晕船者可能得要请船医打针，尽管在一般情况下晕浪丸很管用。墨西哥湾不算大浪区，但天有不测之风云，晕船是很辛苦的事。可以说，尽管有些地区经常大浪，有些地区风浪不大，但如果你怕风浪，坐船始终不适合你。我曾坐船游北极北冰洋，全程风平浪静，但在极地汪洋，风浪还是随时可以来的。船员告诉我，曾在同一地方，风浪滔天而来，连不晕浪的他也吃不消。当时，我们的Vistafjord一帆风顺，但此前几天Hanseatic（汉斯提克号）竟在同一地区搁浅。所以，坐船好不好，第一个要考虑的始终是风浪的问题。风浪太大时，你即使不晕船也会不舒服。

通常夏季风浪少，秋季、冬季才是风季。每年冬天，很多名船环球之旅经过香港，北上上海、北京或南下越南。那时候这个地区的风浪会很大。曾有朋友冬天在香港登船坐Crystal Cruises

的邮轮准备去享受一番，结果，他在船上的主要"节目"成了呕吐，不单是败兴而返，而且着实受苦。如果有晕船的倾向，我建议你慎选航线和季节，可以选夏天的地中海或者SuperStar Virgo走的新马泰沿海，那都是风平浪静的地区，但不保证风平浪静，如果你是"绝对会晕浪"的人，坐船大概不适合你玩。

如果风浪是个问题，不要参加QM2的横渡大西洋之旅。QM2也许是最大的船，其吃水特别深且最能吃浪，但相对于浩瀚的大西洋，大浪不来则已，来时QM2和较小的船没有分别。记得QM2从英国首航往Fort Lauderdale（美国佛罗里达州劳德代尔堡）之日，我恰好在加勒比海坐10万吨的Golden Princess。后来知道，QM2在可怕的大西洋碰上了八级浪（最高是十级），不少豪客大概从英国呕吐到美国。船公司自豪地指出，在这样的风浪下，船仍能以正常的速度行进，准时到达，但不会说船上的豪客之苦。要指出的是，这样好的船也最多保障了准点，乘客仍得挨足6天的

85

摇晃生活！大西洋、南美的Cape Horn、澳洲的Tasman Sea（澳大利亚和新西兰之间的塔斯曼海），都是晕浪者必避的航线。

许多人怕死，有钱人更怕死，一度认为拉登下次攻击的对象会是邮轮。坐Silver Shadow（银影号）时，有人告诉我他不敢坐树大招风的QM2，想一想也有道理。如果我是拉登，理应会"看中"QM2。我看到QM2首航抵劳德代尔堡时，邮轮四周围上了封锁线，严加戒备。坐船还得提心吊胆，当然"好玩不来"！

坐船会"闷"，所以"不好玩"，是一种误解。其实，通常坐邮轮，几乎天天上岸，不会闷的。问题是，你要选对你的船。这样说，许多年轻人会宁坐RCI的邮轮不坐QM2。QM2是英国船，英国人本来就是出名的"闷蛋"，再加上QM2的豪客大都是老前辈，他们喜欢宁静。因此，Voyager of the Seas上开大派对时，QM2上可能进行有益身心的益智演说，不闷才怪。所以，坐不安席的年轻人,坐QM2或没有活动的Seabourn,觉得不好玩是当然可以想见的。这正像原本要看《007之铁金刚》的客人,进错影院看了《欲望街车》。有趣的是,我们选电影看一定不会选错,选船坐却常常选错,真奇怪!

坐邮轮的另一种普遍的误解,是认为任何邮轮都是豪华轮。其实,邮轮如酒店一般,有评不上星的,也有豪华的(五星、六星的)。近年邮轮票价下降,普通人也坐得起。不幸的是,邮轮的宣传把什么都说成豪华轮。这是误导。

坐邮轮多半在欧美海外出发,于是坐船必需的一大"资历"竟是能说相当流利的英语。有些船上也常有"栋笃笑"(脱口秀)的节目(尤其是坐英式船如Cunard Cruise Line和Princess Cruises的邮轮),那你得听得懂。同坐邮轮的客人摆出"友好姿态"和你说应酬话,也能用英语措词得当地应对才行。所以,英

语不大通的人，坐船也会不好玩，也许连餐牌都看不懂。如果你是个很怕应酬的人，船上会有不少不必要的应酬，尤其是如果你的船是要拼桌子吃饭那种。我是从来不坐要和7个不认识的人同桌吃饭的船的，要天天应酬7个外国人，太扫兴了，他们多半是喜欢"放空炮"的幼稚的美国人。

船上大多是中上层洋人的社团，我们得入乡随俗，懂洋规矩才不至于出洋相。如果因此出丑，当然也不好玩了！好不好玩，很大部分看你是否有"坐船的修养"。

坐船多半在欧美出发，未上船前很是舟车劳顿，而且有时飞机票可能比大减价的船票更贵。这其实是不必要的长途飞行旅程，很扫兴。我往往把海上假期和陆上假期结合起来，使机票钱不像是专门为了坐船而付的，不让其成为一种不必要的浪费。

也许，还有一个其实很重要可是大家都会有意忽略的问题——邮轮安全的问题。

2006年7月8日，刚下水的载有3 100名乘客和1 140名船员的巨轮——Princess Cruises的Crown Princess（皇冠公主号），从加勒比海回航，快到纽约时，风平浪静的情况下忽然船身急促倾斜18度，使乘客成为滚地葫芦。这历时仅30秒的意外，造成240人受伤，其中94人抵港后要送院治疗。事后证实，这只是一名船员的操作失误所致。很多人也许只是摔了一跤，也许反而大叫划得来，因为航程次日就结束了，他们获得船公司退还的全额船费！

船祸少有，因此使人忽略了一切的危险性，可是一旦出事，一定是大灾难。1980年，一艘渡轮在北欧出事，因活门脱开，海水涌入船舱而沉没，死了近1 000人。较近发生的大船祸发生在希腊，船长因贪看世界杯，放弃驾驶而致撞船。劫船事件也偶会发

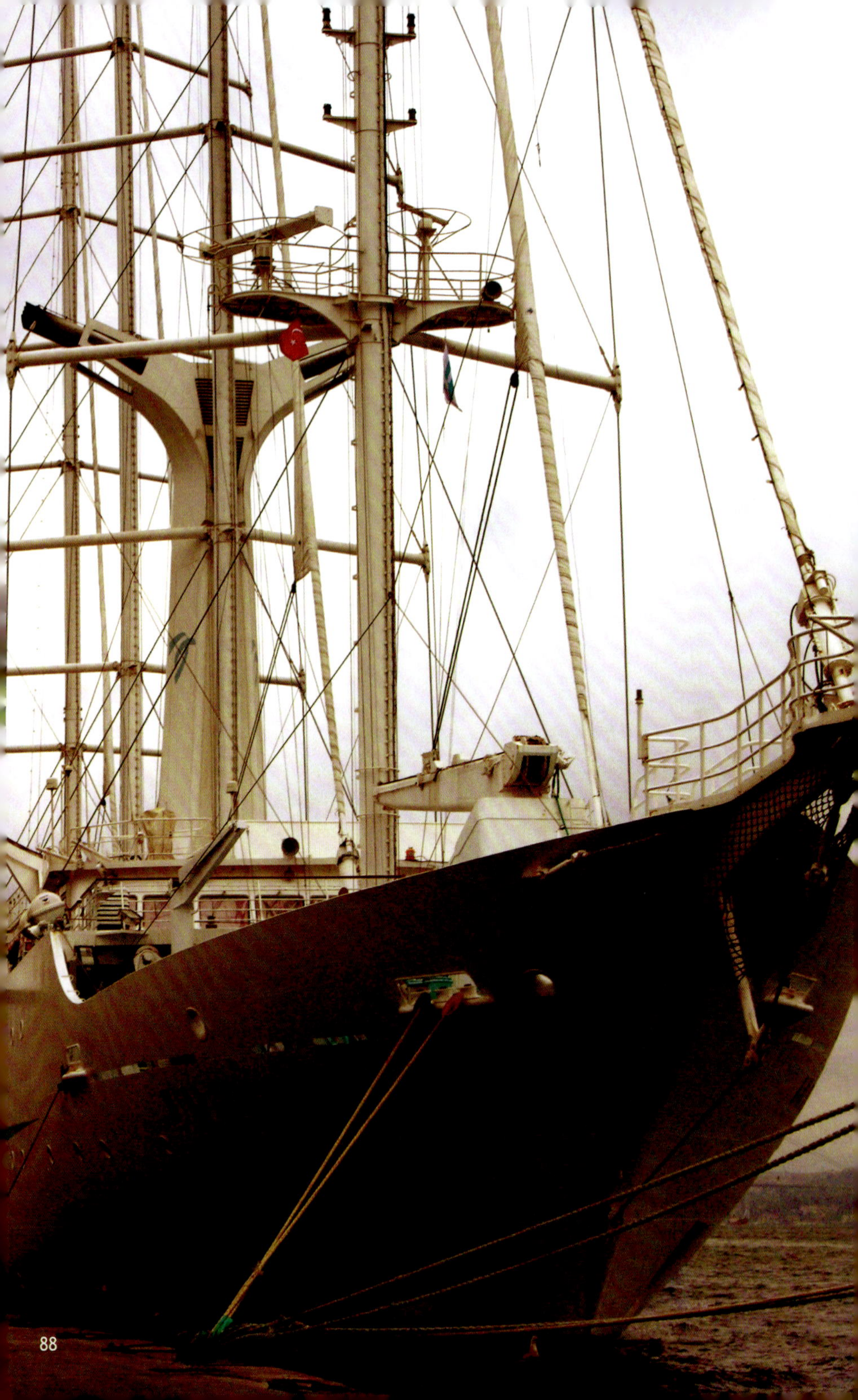

生，像1985年发生的Achille Lauro（阿切尔·劳拉号）的悲剧。那次事件后，邮轮保安检查才开始。可是邮轮保安总不如机场的严谨，不敢坐树大招风的QM2也不是没根据的。

万一出事，现代邮轮会有足够的救生设施，绝不会发生泰坦尼克号当年选人登救生艇的事。这就是说，我们万万不可忽略上船时的救生演习，除非你自问熟悉一切，否则，出事时，你可能找不到救生站。

邮轮上最可怕的潜在灾难，其实是火灾。尽管四面都是水，这水却不能用来救火。星火燎原，这是坐船要注意的问题。

南亚那年的海啸很可怕，可是在邮轮上，即使海啸在附近也没有危险，因为海流是在海底运行的，上岸才成为海啸。台风亦然。在岸上逃不了，但邮轮已驶离风口，至多挨点风浪。

坐船其实没什么不好，只是要明白坐船可能的不好之处。其实，除了晕船问题，其他的都不是大问题。

大船、小船、新船、旧船

话说邮轮航业经历"9·11"、中东战争,以及亚洲的"非典"之疫引起的不景气后,2004年开始迅速复原,2006年生意火旺。2004年投入服务的邮轮一共有13艘之多,真热闹。这些船都是经济不景气之前订的。后来,2005年的下水……世界更热闹,最大的船的吨位也从10万吨的水平升至15万吨。2006年Freedom of the Seas更以16万吨下水,世界"最大"的纪录不断给打破。

可喜的是,至今邮轮卖座奇佳,新船走重要航线的客满率经常超过100%(客满率以两人一房计,超过此数便是超过100%)。邮轮业一贯的经营方法,是在出发前的3个月里把卖剩的客位割价倾销,所以旺丁不一定旺财,但总的来说,生意还是很好的。

当年恐怖威胁曾影响旅游，但大家怕的是坐飞机，不怕坐船。当年各大邮轮公司把船集中在美国，便是要迎合占乘客绝大多数的美国人。许多新的邮轮港口应运而生。只要不用坐飞机，美国人乐于在邻近城市登船。当年，不要说远东如此，就算是市场较我们大得多的欧洲，船的航次也减少了。这是因为在全球的邮轮客中，仍然七成以上是美国客。

近年投入服务的船，有大有小，有新有旧。船越来越大，似乎是趋势。Freedom of the Seas以"点数"之差打破QM2最大的纪录后，相信它这一纪录也不会保持太久。我估计Carnival Cruise Lines会以Princess Cruises的牌子推出更大的船来反胜。斗大仍是风尚，幸亏有乘客量支持。

另一方面，好几艘旧船经重新装修，以新的名字和新面目"改头换面"投入新的服务，不知者还会以为是新船。比如，SuperStar Leo变成Norwegian Spirit、Renaissance变成Oceania；Norwegian Sky（挪威蓝天号）变成Pride of Aloha（阿罗哈之傲）。但在新船中，大部分是接近或超过10万吨的大

船，大都能载客2 000人以上。理论上现役邮轮吨位已太多，但正是"贱物斗穷人"，在船公司薄利也算有利的政策下，北美邮轮市场仍然卖个满堂红。

做一个有趣的统计，如果你坐较豪华的超大四星船（这些船常常自封为五星，其实真的五星叫做六星），如NCL、Princess Cruises或RCI的邮轮，每天消费大约只是1 000港元。这价钱包括食住和娱乐，一天可以吃六七餐，比岸上生活还便宜，所以我已在盘算，将来退休后，索性以邮轮为家，做个高级船民（事实是，我在香港住的绝非豪宅。租金加水电每天要1 000港元，还得花钱买菜煮饭）。

投入服务的新船中，1994年1月中下水的QM2无疑是船中之王，当时破了世界最大、最高、最长和建造费最昂贵的纪录。现在它的吨位纪录已给刻意超越了，可是仍然保持其余三项纪录。此船首航抵达美国的劳德代尔堡之日，我碰巧在该港，得以优先目睹名船风采。这个地方是邮轮之都，居民见尽一切名船，但人们仍然喜欢站在大桥上或参加海港游，就是为了看QM2。这艘船的外观真是无可比拟，因为它是远洋航海的真船，不是海上公寓，其船身修长。只是这个最大（150 000吨）的纪录只保持了两年。RCI的排水量16万吨的Ultra Voyager级新船Freedom of the Seas，2006年初已下水，而Princess Cruises兴建的所谓Ultimate Caribbean（终极加勒比）级邮轮，排水量更达17万至18万吨，在2007年投入服务。

如果有足够多的客人，那么无疑船越大营运效益会更高，但船是否越大越好，则见仁见智。事实是，许多Carnival Corporation和RCI（以船大见称的公司）的常客，都宁坐其次大级的船。Berlitz的评级里，也是次大级的船更好。我曾在加勒比海圣马丁的码头上，看见四艘从8万吨到近14万吨的船头尾相接泊在一起，它们是Voyager of the Seas、Carnival Conquest（嘉年华征服号）、Disney Magic（迪士尼魔力号）和Golden Princess，感觉上"大小差不多，都是'极大'，除非从远处看，才有分别"。

2004年市场复苏时，最为声势浩大的船公司是Princess Cruises，有三艘超大船一口气下水——Diamond Princess、Caribbean Princess（加勒比公主号）和Sapphire Princess（蓝宝石公主号），其中Caribbean Princess是那时世界上第三大的船，载客3 120人，比更大的QM2的2 620人还多（所以QM2才是更高档的船）。RCI的Jewel of the Seas（海洋珠宝号）是当时仅次于QM2的世界第二大级数的船，载客达3 501人！当今最大的船Freedom of the Seas的载客量更惊人，达4 700人，像整个屋村（香港政府出资给城市低收入人群建造的廉价出租屋）的人一起坐船！

我对Carnival Corporation的新船Carnival Miracle（嘉年华奇迹号）也有兴趣。近年下水的巨轮还有Holland America（嘉年华集团旗下的荷美邮轮公司）旗舰级的Westerdam（威士特丹号）。这些新船，都是设计最尖端的所谓state of the art（技术发展水平）的巨轮，每一艘都值得一试。

2004年投入服务的Oceania Cruises（美国大洋邮轮公司），前身是Renaissance Cruises——曾以物值最高傲视邮轮世界的船公司。可惜，也许因为物值太高，结果关门大吉。现在改名换姓，仍用前公司的船，易名后"再战江湖"，外界评论比过去有

过之无不及。餐食也采自由坐席制，而且由曾服侍戴高乐的法国名厨Jacques Pepin（雅克·佩潘）掌厨政，看起来似乎比QM2的Daniel Boulud（丹尼尔·布吕德）的美国餐还高级，而且价钱也只是QM2的一半。这也是我对坐QM2始终不太热衷的原因，因为QM2物值不高。可惜Oceania Cruises和Renaissance Cruises一样，香港没有代理，欧洲也没有，也无法在网上买便宜票。我虽没坐过，却认为Oceania Cruises的邮轮应是识船者的选择之一。此外，MSC也是另一新势力，而且着重远东生意，在香港设有分公司。船太多了，不足的只是时间（和金钱）。

但是，船太多，必然的形势是舱位多于需求。这一形势造成了进一步的大减价。现在，在美国的网站（如www.vacationstogo.com）订船位，坐四星级豪华新船的一周航程的票价可低至499美元，比到顺德消费还要便宜！连五星船也要减价了，Silversea Cruises和Seabourn Cruises都曾卖过5折。人人要试新船，既然大家都要试Crystal Serenity，于是，旧船Crystal Symphony也进行了前所未有的大减价。

朋友常常问我什么时候买船票最便宜，他也知道所谓early bird（最早预订）的打7折已不划算。但是，是否要等到最后一刻买售不出的客舱才一定最便宜呢？也不一定。据了解，邮轮客舱如果滞销，船公司会在出发前的60至90天内进行割喉式的大减价，价钱往往是船公司的底线价钱。如果推销理想，比方说最受欢迎的那一级的客舱已卖得差不多了，船公司大有可能在这时候再起价。理论上邮轮船舱会卖到开船前两天，但等到最后除了舱房没得选之外，也不一定最便宜。订舱房时应当考虑这些因素。

喜欢坐新船是人之常情，很多人甚至争着坐首航。不过，首

96

航也许不是好主意。据统计，过去几年的邮轮首航，竟有三分之一最终取消航程。其实，一艘巨轮投入服务真非易事，可能承建商来不及交船，也有可能船上的设备出了大毛病。我曾有一次坐新船，看到有些地方油漆未干，工人混在乘客间干活。再加上船员还未熟悉新船，服务也不周到。经验告诉我，要试新船，最好等"第三水"或"第四水"，那时船才已run-in，也不会取消航程，所以我不赞成朋友坐首航。最值得一提的是，2003年夏季，Crystal Cruises的新船Crystal Serenity投入服务。首航早已客满，但船厂延误了交船时间，船虽赶得及投入服务，但船公司认为船员的培训时间不够，未必能够提供最高水平的服务。结果，船公司做出了前所未有的创举：船照开，客人可以全数退票，也可以免费坐船！这次大手笔，大概会使Crystal Cruises在邮轮历史上"永垂不朽"，也成了此后五星船绝不敷衍营运的好榜样！今天，邮轮在竞争削价下，糊弄的例子太多了。

邮轮的"改头换面"

现名	曾用名
Celebrity的Xpedition	Sun Bay I
Cruise West的Pacific Explorer	Temptress Explorer
Discovery World Cruises的MV Discovery	Island Princess built in 1972
Holland America的Prinsendam	Seabourn Sun
MSC的Armonia	European Vision
MSC的Melody	StarShip Atlantic
MSC的Monterey	Free State Mariner
MSC的Rhapsody	Cunard Princess & Cunard Conquest
MSC的Sinfonia	European Stars
NCL America的Pride of Aloha	Norwegian Sky
Norwegian Crown	Crown Odyssey
Norwegian Dream	Dreamward
Norwegian Majesty	Royal Majesty
Norwegian Spirit	SuperStar Leo
Norwegian Star	SuperStar Libra
Norwegian Wind	Windward
Pacific Princess	Renaissance R3
Oceania Cruises的Insignia	Renaissance R1
Oceania Cruises的Nautica	Blue Dream及Renaissance R5
Oceania Cruises的Regatta	Renaissance R2
Orient的Marco Polo	Alexandre Pushkin
Royal Caribbean的Empress of the Seas	Nordic Empress
Sea Princess	Adonia
Seabourn Legend	Queen Odyssey及Poyal Viking Queen
SeaDream I	Seabourn Goddess I 及Sea Goddess I
SeaDream II	Seabourn Goddessey II 及Sea Goddess II
SuperStar Aquarius	Norwegian Wind
SuperStar Libra	Norwegian Sea
Tahitian Princess	Renaissance R4
Windjammer的Amazing Grace	Orient Express及Pharos
Windstar的Wind Surf	Club Med I

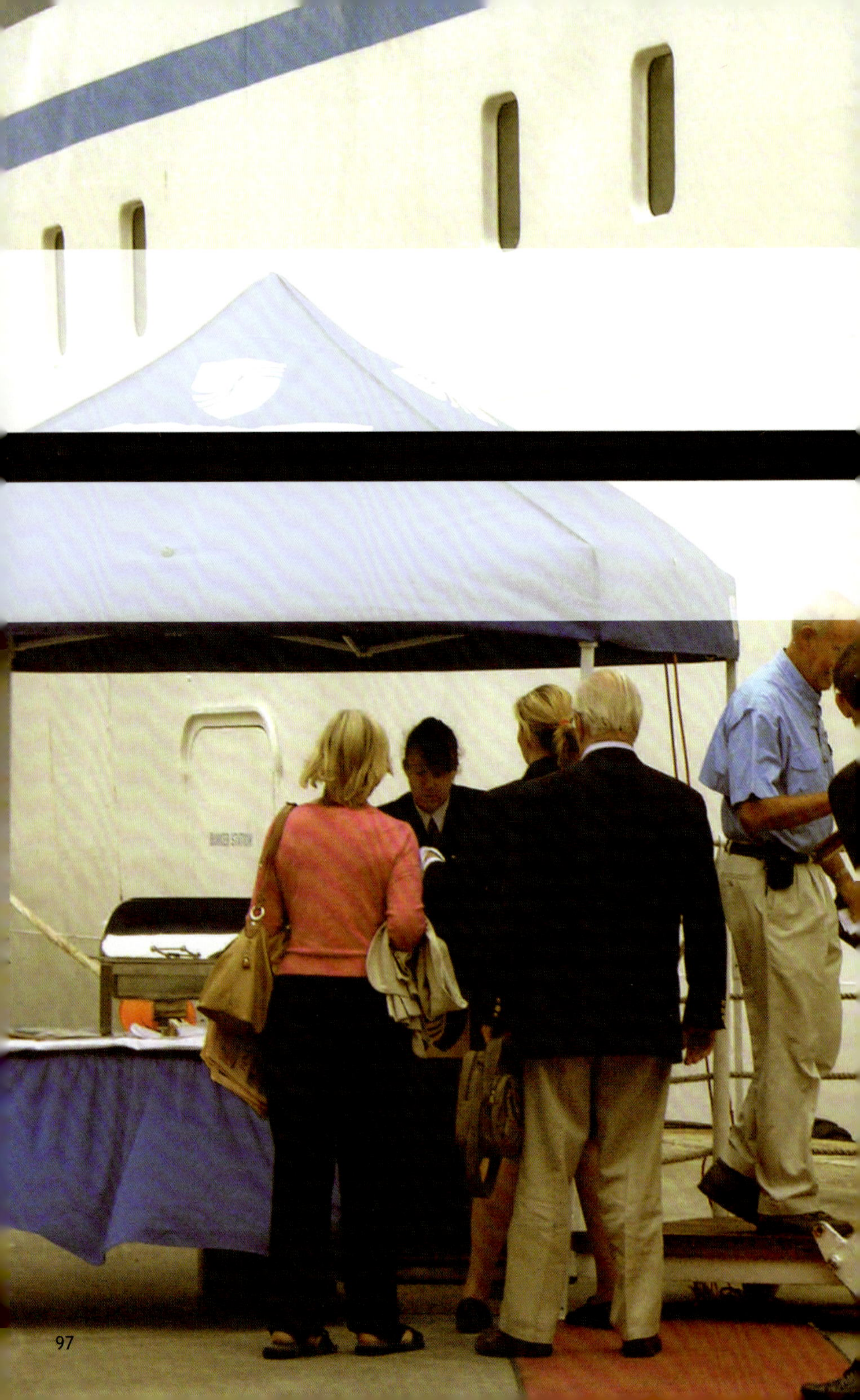

邮轮名船
Chapter3
指南

五星邮轮的今昔

邮轮的宣传，不论是什么船，总喜欢以豪华自居，甚至自认什么五星级，许多自认五星的船，其实只是四星级（而且还可能不是四星中的顶级船）。但其实邮轮的评级，并没有公认的标准。似乎最初是Berlitz这本年鉴进行评星，将每艘船评一星到五星以上（5-star plus）的等级，才开始有了邮轮评星这回事，但后来别的邮轮年鉴陆续出版，也各自评级。其中 *Fielding's Guide*（《菲尔丁指南》）一书更把星的数字"通胀"到六星。许多船公司也陆续自认有多少星，包括没有人评的Holland America的邮轮，一直自认五星。如此自信，自然有人信。既然船的评星如此

"有理说不清",星级之说是否可信?谁的评级比较可信?

一般而论,行内常被引用的评级,仍以Berlitz作准。尽管Berlitz近年评船常常明显地"很公关",不再像过去一样可信,但这本书仍能大胆批评大多数的船,听说作者Douglas Ward一年中有10个月在不同的船上过日子,世上的评船权威,当然首推他。所以今天一般的所谓五星船,指的仍是Berlitz评的五星船。而别的邮轮指南的评级准则,也大致和Berlitz的取舍类似。所以为了简便,本书所说的五星船,指的是Berlitz评的五星船。

Berlitz评五星船的准则,主要其实是就船的"软件"(服务规格)来说,所以得评五星的船很多是旧船。这些船的外表不如新一代四星船的威风,船里的装潢也不一定胜过四星船(尤其如果你以船"够大"为重要的条件,那往往五星船反不如四星的megaship)。五星船之所以是五星,不在船大,而在每个乘客占用

的面积大。

事实是，五星船的吨位一定不大（否则人山人海，没法提供顶尖服务），但客房却一定较大，且房内设备齐全。行内评船有两个术语：Space Ratio和Passenger to Crew Ratio。前者，指船的吨数除以载客人数，直接得出客满时每个乘客占用的船上的面积。后者，指乘客人数除以船员人数，间接反映出每位乘客能受多少个船员的接待。这些数字也许并非绝对可靠（例如乘客远低于载客量时），但也有参考价值。船公司定下服务规格时，一定会考虑自己船上的船员数，才能提供不同程度的周到的服务。而服务规格（包括伙食）的高下，正是船的评星的主要参数。

由于船上的空闲、服务的水平和餐食的水准，都与船的操作成本有直接的关系，所以虽然只是一星之差，五星船的实际收费比四星船贵得多。五星船最便宜的折扣收费（也许是定价的5折），大概也得每天250美元（双人房每人计），但四星级载客

2 000以上的巨轮，在吨位过剩的航线（如加勒比海航线），每天可以低至不到100美元，所以五星船和四星船的客路完全不同。五星船的常客是社会的高层人士，这些绅士贵妇"物以类聚"，坐船喜欢受最高程度的接待，喜欢船上安静、自由舒畅，不喜欢热闹和太多节目。但热闹却正是新一代的豪华四星船的特色。当然，付出一定费用后，在饮食一环上，五星船讲究得多，你会吃到真正老饕水平的餐食，受到陆上最高级餐厅般的接待，所以五星船非贵不可（在陆上，如果你天天到Petrus和Nicholini's吃饭，也得花很多钱）。可以这样说，坐五星船像天天在大酒店吃饭，四星船则好比在酒楼吃饭。五星船虽贵，但船上一切全包，不表示它的物值低于四星船。

　　看过近年最受欢迎的电影之一——《泰坦尼克号》的朋友，可以大概知道当年的五星级头等服务是怎样一回事。今天的五星船已不分等级了（除了QE2和QM2还有点当年分等级的味道），所以船的客舱的设备不会有过去头等与三等般较大的差别（尽管差别仍大），也许普通一个五星舱的面积是200英尺，四星的是100英尺多一点，但客人不管住什么房都会受同等待遇。不过，随着邮轮的日渐普及（而普及的条件是人人坐得起），今天的船即使是五星级，客房也会偏小。当然，普通客房也有300英尺的德国船Europa是个例外。以乘客空间和乘客对船员的比率计，The World of ResidenSea应是世界上最豪华的船。这艘船有海上公寓单位出售，都是1 000英尺以上的单位。业主不用时，可以租给我们散客，让我们尝试加入顶级社团，享受大富豪的生活。可惜近年一般不再出租了。当你想到身为业主的管理月费（包五星级服务）也得每单位近10万港元，当年坐这艘船的收费真的"贵得合理"（单位的售价是250万美元起）！

无可否认，邮轮旅行普及了，但代价是无可避免的以货就价。今天Berlitz评五星以上的船只有一艘Europa，新船如Crystal Serenity也只有200英尺左右的客舱，这面积对有钱人来说可谓鸟笼。而Europa尽管有名餐厅如Nobu的加盟，但仍要分先后入席吃晚饭。在吨位过剩的形势下，必须割价竞争，服务水准不免下降，即使是五星船也不例外。在现役五星船中，Seabourn Cruises的邮轮被Carnival Corporation收购后，老顾客都说它有点"今非昔比"，新船QM2仍分等级制，再加上船太大，我不存奢望，很少邮轮能维持往昔黄金时代真正的五星水平。如此一来，今天最豪华的船仍是Silversea Cruises、Seabourn Cruises的吨位较小的船和SeaDream、Europa等。

邮轮旅游的最高享受：
Silversea Cruises

我坐船比较多，所以朋友常常问我坐什么船最好。我一再指出，什么船最"好"是见仁见智的主观选择。理论上，收费昂贵的五星船当然最好，但五星船以"软件"取胜，即服务、饮食和个人空间的取胜。话说回来，五星船之间也大有差别，不同的船公司，提供不大相同的服务。

最近有一位高消费朋友问我什么船"最高级"，我告诉他，我的选择是Silversea Cruises的邮轮。

Silversea Cruises的邮轮为什么在笔者心目中，比Cunard Cruise Lines、Seabourn Cruises或Crystal Cruises的邮轮更合心意？

第一，其邮轮的吨位最适宜。Silversea Cruises操作了四艘船，其中两艘16 927吨，另两艘28 258吨。这吨位不大不小，可说刚好。Crystal Cruises的5万吨级邮轮太大了，吃饭要分先后，有时也要排队。Seabourn

Cruises的9 975吨级邮轮则太小，4 246吨的SeaDream I 和SeaDream II 就更不用说了。太小的船缺乏娱乐设施，连一间像样的影院都没有。Cunard Cruise Lines的船QE2不但太大也太旧，QM2则大得可怕（试想象2 600名乘客一起上船下船的浩大场面及乘客排的长龙）。Cunard Cruise Lines的船又分等级，你坐不起头等Grill Class便是二等、三等公民（而绝大多数人都坐不起），所以我更不会考虑。只有Silversea Cruises和也许更高档但主要是德国客坐的Hapag-Lloyd（德国赫伯·罗特船公司）的Europa的吨位恰好。这吨位已足以提供足够的设备，包括一间两层的影院，却又不用去排队。笔者认为这才是理想的五星船。

第二，Silversea Cruises邮轮的客房比Seabourn Cruises和Crystal Cruises的大，较舒适。客房内的minibar（迷你吧台）的饮料一律免费，所有小费和港务费都包在船费里。它不但包括小费，而且谢绝小费（这与仅仅是"包括"不同）。我们坐船不用

再为了小费而烦恼，此举值得叫好。

第三，在Silversea Cruises的邮轮上吃饭，除了当然用高级的自由坐席制（可选择餐厅和时间，可选择独食之乐），而且餐酒免费。更可说独一无二的是，不但有24小时客房送餐服务，而且即使在半夜你也不必吃三文治，有侍应生服侍你，一道菜一道菜地吃全餐。

也许别的五星船部分有上述的服务规格，但似乎只有Silversea Cruises的邮轮和Europa，以及今天基本上已无客舱出售的The World of ResidenSea兼备一切。

我曾坐Silversea Cruises的邮轮。进入客舱打开抽屉，里面的信纸已印上我的大名。客房每天供应鲜花，每晚黄昏侍应会给你送上一盘点心。太高级了！

Silversea Cruises的四艘船，包括较旧的16 927吨的Silver Cloud（银云号）、Silver Wind（银风号）和新一世代的28 258吨

的Silver Shadow、Silver Whisper（银啸号）。如果要选船，较大的两艘船会更理想。近3万吨的吨位仍然不会太大，但公共活动的地方较多，乘客空闲比率数字也由57增至72。更重要的是，客房面积最少有287平方英尺（相对于较小的两艘船的240平方英尺和Crystal Serenity的大约210平方英尺）。即使是三星船也有很大的豪华套间，值得参考的是普通客房有多大。

两艘新船的客房一律有露台，有可以走进去的大衣橱。较小的两艘船则有两成多的客房没有露台。露台舱变成必需的，只是近年的事。

说到用具，不用说，Silversea Cruises十分讲究，如床单都是意大利名牌Frette（弗雷蒂）的纯棉品。餐具是Cristofle的银器，不是四星船上的国产不锈钢。

Silversea Cruises的主要对手应是Seabourn Cruises。后者的"软件"也许一样讲究，甚至有过之而无不及，只是船太小，活动的地方不够。很多人坐船最喜欢的，是加入邮轮上的社团，成为社团的一分子，享受它的气氛。坐船不到三天，邮轮变成你的家，这是坐五星船最高的心理享受。我坐Seabourn Cruises的船，总觉得太小，而Crystal Cruises的船又太大，没有家的感觉。

在Silversea Cruises的邮轮上，吃得自然高级，像天天上大酒店、名餐厅。银海邮轮上的餐厅数目，当然不能和四星级的7万吨大船的餐厅以多为胜相比，但坐五星船的要点是重质不重量。它的食客，是真正讲究的识货客人，不是贪好玩实际上分不出食物高下的客人。

坐Silversea Cruises的邮轮，你大可想吃什么就吩咐厨房做什么，不必管餐牌。尽管大多数人会不好意思这样吩咐，也不好意思晚餐时要餐厅侍应一道菜一道菜地给你送到客房。但偶然试一两次也是不错的，到底，只有顶级的五星船才有这样的服务。

严格说，Silversea Cruises的邮轮也不是十全十美的，可是它也许已是今天海上的最高享受了。也许Europa更好，但我没坐过。

做不了终极豪华邮轮的业主

上文已说过,五星船大都是小船。理论上,船大客多不免会招待不周。五星船中也有多艘旧船,但这些船不但保养得好,而且胜在个人空间多。船大客房小是新一代巨轮的通病,这些到处拥挤的船当然不是五星级的。五星船的标准,其实以个人空间和服务水准来衡量。

40 000吨的The World of ResidenSea(简称The World)。在邮轮中是unique(独一无二)的。此船一度有客舱出售给散客。可惜现在公司改组,已鲜有外人用的客舱出售。它已成了业主们私人的邮轮。

对我来说更可惜的是,我认识船公司以前的老板Robert Riley(罗伯特·里莱,曾是文华东方集团的CEO),他曾邀我坐船,而且南美之行的14天航程的船票我都收到了,结果却因为适逢"非典"之患,邮轮全球行程另外编配,航程取消了。那时,这船的香港区代理Compass Travel(指南针旅行社),也是我向Riley先生推荐的。

这船暂时有钱也坐不得,除了业主邀请。可是,它的开航的确对邮轮世界提出了前所未有的新概念,代表了终极的豪华。

这艘船的重要性,在于它提供了全新的邮轮旅游方式,也给何谓最高档的生活方式(life style)划定了一个新的最高标准!

这艘船最大的特色是,客人也是业主,船上的单位是出售的。但除了出售的单位外,船上也有很多豪华套房,供业主们招待朋友。这些套房和业主空置用不着的公寓单位,可以经船公司分档期出租给外客。换言之，客房一度公开发售，和普通邮轮一样。

　　船上设有110个面积自1 106至3 242平方英尺的公寓单位和88个最小也有259平方英尺的套房，不用说的是，乘客占用的面积比任何邮轮都要大（除了Europa）。

　　可以想象，退了休住在船上，终年四海为家，船上的公寓既宽敞又豪华，服务如顶级大酒店，那会是多么惬意的生活？这样，等于你的家到处移动，住在家里足不出户便可以周游列国！一种前所未有的富豪生活方式已因此船的激航而界定了。

　　可以想象的是，过这种生活你要"付出代价"——很昂贵的代价！公寓单位的售价是250万至680万美元，而且全部售出。

　　买船上的单位，公司会奉送真正豪华的装修，是由国际知名设计师个别设计的，可以想象的是，如果买一程船票坐这船，你便可以见识真正的豪宅和体验真正的富豪生活。

　　但作为业主，你付出的代价不单是买船上单位的那笔钱，还要付出管理费。这与岸上公寓是一样的，不同的是每年管理保养费约为单位价的5%，即你预算每月7万港元就好了。

　　其实这价钱"完全不贵"，它包括了港务费和单位里用具的替换。笔者想起当年有人问银行家J.P.Morgan（摩根）其游艇养护得多少钱，因为他也想买一艘。Morgan答得好，如果你要问价，你玩不起。但据说玩一个这艘船的单位，比玩一艘100英尺长的高级游艇便宜。

　　作为业主，你有权在业主年会上发言，参与决定明年航线怎样走。因为这是有闲又有时间的富豪享受生活的船。它的航线设计，倾向于在每个埠多逗留一些时间，而不像普通邮轮般走马看花，而且船会刻意在某地有大节庆的日子去凑热闹。

船上设备齐全，绝对是五星级的极限水平。船上的会所面积达4 800平方米，除了有五六间不同的餐厅提供选择之余，你也可以吩咐厨师到府上来，在你的海上公寓宴客。船上除了商店外还有超市——它到底是"住家"。

4万吨的船（笔者认为这是最恰当、设备齐全而不会人太多的吨位）只载198套单位的客人，载客比率的充裕也胜过任何现役五星船。Berlitz曾这样说："此船提供了最奢华的旅游方式，应成为豪华邮轮的典范！"

当年此船推出"船花"时，公寓单位只是150万美元起，现在升值了。如果当年笔者不是给昂贵的管理费吓走，可能已买了"船花"赚了大钱了！

后来我又因天命错过了坐此船的机会，可惜。

场面宏大的四星邮轮

上文已说过，五星船之所以是五星，主要因为船上个人空间大、船员对应乘客占的比率高，以及服务规格的水平使然。五星船收费比一星之差的四星船贵得多（实际收费在打折后可达 4∶1），主要是五星船"吃得好住得好"。五星船一定是较小的船，甚至是旧船。

要看场面宏大的豪华巨轮，兼要节目丰富，你应坐的是四星船！五星船也许是精致的boutique hotel（精品酒店），是Park Hyatt。四星船才是流动的Grand Hyatt（君悦酒店）或Hyatt Regency（凯悦酒店）！五星船是Patek Philippe（百达翡丽手表）和Breguet（宝玑手表），但四星船至少是Omega（欧米茄手表），而且近年四星新船的豪华程度以名手表作比较的话，可达IWC（万国手表）或Rolex（劳力士手表）的级数。事实是，今天

的邮轮客绝大部分是四星船的客人。载客量达压倒性的所谓八大邮轮公司，操作的主要都是四星邮轮。四星船比三星船豪华，而价钱大致一样，是最受欢迎的一类邮轮。

自从RCI的73 000吨的Sovereign of the Seas（海洋君主号）于1988年下水后，提出了新一代的purposebuilt megaship（专门建的超级邮轮）的概念。此轮可说是新一代邮轮的鼻祖。

这些新世代的船，是全新设计、为了游乐而不是为水上交通而建造的崭新的海上王宫，令人为之目瞪口呆！尽管当年的S.S. Norway也许比这船更大，但这类新的公寓式吃水较浅却"往上发展"的船中的巨无霸，不但外观有令人炫目的效果，里面的玩乐设计更是前所未见。以前为航海而建的巨轮如最出名的船QE2，连一间像样的剧院都没有，但Sovereign of the Seas却有歌剧院式的大剧院，有高高的大堂和在顶层的观景酒廊，有"罗马式"的大泳池……都是前所未有的创举，读者可以到www.freedomoftheseas.com网站去看一部短片，便知今天世界最大的邮轮的规模。

今天，这类巨轮更发展到匪夷所思的地步，同公司的Freedom

109

of the Seas——当今世界最大的船,是其两倍以上的吨位,新船越来越豪华并不断改进。以前所谓megaship的定位是7万吨或以上,现在似乎没有10万吨都不能算megaship了。如果你为了看船而坐船,付五星价坐QE2的Grill Class,你可能会失望,觉得这艘名船多方面的观感甚至不如当年的SuperStar Leo或今天的SuperStar Virgo。我们熟悉的SuperStar Leo,可说是最具代表性的新世代四星邮轮。而一度令人惊叹的Sovereign of the Seas,被Berlitz评为三星半的级数。这一评级反映出船旧了,但其服务规格与同公司RCI新一代的船没分别,同样提供了今天大多数邮轮客要求的cruising experience(巡航体验)。

坐这类四星船,玩乐的方式层出不穷。那年坐Star Cruises的SuperStar Leo,我的目的竟是看船上表演的节目Jungle Magica,结果我看到了坐船数十次以来最好看的海上show。我听到有人看完后说,这个show和另一个Fiesta Magica在岸上看,门票起码要500美元。魔术表演包括把美女变成一只活生生的西伯利亚白老虎,瞬间把玩具车变成一部兰博基尼跑车。更佩服魔术师两手一扬,衣袖里竟然飞出两只鹦鹉,在剧院绕场两周后飞回魔术

Complete Guide to Cruising   097

110

师身边！这是在岸上也不易看到的表演，可见今天比较好的四星船的免费娱乐节目，可以达到怎样的高水准！这种节目在客人少而且船上连一间大剧院都没有的一些五星船上一定办不到，只有载客量达2 000人的四星级巨轮，才可能有这样的表演上演。乘客付出合理费用（由于竞争，费用越来越合理），得到如此多元的享受，使我这个资深的精明消费者也不惜夸张点下结论：今天以"聪明的价钱"（得到好的折扣）坐四星船是21世纪消费最佳物值的一例。

新的megaship越来越大、不断改进，服务规格屡见新猷。好一点的四星船，一定有好几个吃的去处。在Star Cruises、NCL或Princess Cruises的船上，已实行了以前只有五星船才有的自由坐席制。曾坐Norwegian Dawn（挪威之光号），单是餐厅就有九间，一星期的旅程，下船时还没机会吃遍它的餐厅！有人说坐船闷，这情况只会出现在五星船上（QE2的节目可以是讲座），不会出现在要逗乐阁下、务求没有冷场、使你一再回头的新一代四星船上。像我这样的资深邮轮客，也愿为了看一场戏而坐船！这是四星船之所以绝对性地最受欢迎的原因。由于今天超大的巨轮陆续下水，吨位过剩，四星船的收费往往很便宜。有点门路的消费者在外国买票或进入www.vacationstogo.com等网站订位，只付定价的5折、4折都是平常事，甚至3折也有可能（怎样买便宜票倒是一门学问）。近年香港代理特别安排的一些package，也十分便宜。

可以这样说，就算是服务的环节，四星船也几乎达到五星水准了。SuperStar Virgo上的员工约达1 300人，尽管遇到过年或圣诞节会有2 700个客人与你同舟共争（食），但刚刚过了假期的淡季，客人可降至约1 000人，Passenger to Crew Ratio竟胜过五星

船，票价又有折扣。这才是充分享受海上假期的最好机会！

其实即使是三星船（现在极少有三星船了，可以归入四星船讨论），服务员也一样会笑脸迎人。说到底，船已不再是交通工具，客人为了享乐而坐船，服务不好谁愿回头？要有一次令你完全满意的海上假期，重要的是要知道自己的要求是什么，首先要做的事是选对适合你的船。对大多数人来说，即使钱不是问题，初试邮轮应选像SuperStar Virgo、Diamond Princess和Voyager of the Seas这些船，而不是五星船。

不过我要忠告阁下，你会上瘾的！

只有最贵的船，
没有最好的船

　　不久前，几位朋友满怀希望，受超优惠价的诱惑，坐Crystal Harmony从香港到上海，回来后有点失望。也许这失望是基于之前希望过高之故！朋友说，这次坐船总的来说并没有得到比过去坐船更高的享受。他们曾经坐过SuperStar Leo、Ocean Princess。我听了，一点都不觉得奇怪。

　　我一向强调，尽管邮轮有星级之分，像酒店，票价可以差得远，但你多付了钱并不表示你会得到"对你来说"肯定较高的享受。坐邮轮的主要享受是什么？其实每人有不同的答案。

　　我已不厌其烦地指出，邮轮的所谓星级，主要的评定标准其实是船的"软

件"——它的服务规格和质量、每名乘客占的个人空间。上文说过，邮轮根本没有正式的评级，据说几十万元便可以买到某个"五星级的家"！很多人会误以为五星级的船（以Berlitz的评级作准）一定比四星船好玩。其实，坐惯船的朋友都知道，五星船的操作规范与标准，跟四星船完全不同。两者中什么更适合你，完全看你个人的需求。

如果你坐船的目的是要船上玩意儿多，要看大表演，那么五星船一定不适合你。世界最大也最能令人感受到观感上的大场面的船大都是四星船。除了QM2和QE2（其实这两艘船是分等级的船，不纯是五星级），以及Crystal的船外，大多数五星船都是小得多的船。像Seabourn Cruises的邮轮，也许提供了高级享受，但船上的活动约等于零。对大多数为玩而坐船的客人来说，一定觉得坐这样的船太闷。这也许是票价最贵的船，但对许多邮轮客来说绝不是最好的船，因为这种船太小，真正的玩乐设备几乎没有。

114

一万吨左右的船，连我都认为太小了。这种船大概连正式的剧院都没有，所谓表演也可能只是独唱之类。即使坐"最高级"的船，我宁坐较大的Silver Shadow、Silver Whisper和Europa，而非邮艇。Crystal Cruises的邮轮则有点过大，不能提供真正顶级水平的服务。

上文说过，有钱人喜欢这类游艇式的船，要求的是宁静舒适的环境和体贴的服务。但，这是你的需要吗？

朋友那次坐Crystal Cruises的邮轮到上海嫌闷，我可以理解。他们说整天海上航行的日子简直闷极了，他们喜欢上岸。从某一角度看，他们可算是unsophisticated cruisers了。但So what？坐船最重要的是自己觉得好玩。所以，那次他们和破纪录的将近300位香港人受"五星船收四星票价"的吸引而坐上素仰其名的Crystal Harmony到上海，结果失望而归不无道理。这不是船不好，只是船不大适合他们。

Complete Guide to Cruising

不过，值得注意的是，据朋友说，饮食的一环竟也不见得比他们坐过的Princess Cruises的邮轮好多少，而Princess Cruises的饮食已降至我认为只能勉强满意的水平。我已好久没有坐过Crystal Cruises的邮轮，于是详细查问饮食的细节。我听后，也觉得不大满意。无可否认，近年五星船经常削价求客，饮食水准已不复当年，但如果水平降至和四星船差不多，那我会认为没有再坐五星船的理由了。

我更希望Crystal Serenity的水准应向Crystal Symphony看齐而一并提高，尽管人人要坐新船，旧船大减价，也不应放弃其一贯性而厚此薄彼。我过去也算是Crystal Cruises的拥趸，很不希望其变成"四星半"。以前坐五星船，自助餐有龙虾吃，听说今天的自助餐已"和Princess差不多"。

对坐船经验还不太多的朋友来说，我的建议很简单。选坐什么船，先看清楚你的要求是什么。船太大便不能提供顶级的服务，但船太小则不可能有太多玩乐设施和吃的去处。认清自己的选择，才可以选对你的船。

船的星级或票价，并不表示"对你来说"这是最好的船。坐邮轮吸引人的地方之一，正是每个邮轮公司都有不同的服务规格，每艘船都有它的特色。所以真正sophisticated的邮轮客会一再光顾他认为最好的船公司，不会贪大减价试名牌。听说Crystal Harmony的那次旅程，每天有几十桌麻将，这在五星船也应是空前的了！

何谓"六星船"

我有幸在坐船生涯里,前10次坐的邮轮都是五星船。那个年代,可以说还没有今天超大的四星级豪华船!这几年邮轮市场急速发展,新一代的巨轮纷纷下水。这些年里的新船主要是四星船。五星船中只有Silversea Cruises的船、Hapag-Lloyd的新Europa、Cunard Cruise Lines的QM2、Crystal Cruises的Crystal Serenity和像五星但仍未得到Berlitz的顶级评价的Radisson Seven Seas……都是这十年新建的。尽管Berlitz的评级已"今非昔比",经常有失公允,但它始终是某种标准。不幸的是,许多船都自封为五星船,如Holland America的邮轮。同时,不少不完全够格的邮轮也被Berlitz加封为五星,如Celebrity Cruises的邮轮……基于此,笔者觉得有给五星船(有人称为六星船）下一个新定义的需要。

根据Berlitz那样以个人占的空间（spaciousness）和服务规格（service specification）为标准，笔者认为今天真正毋庸置疑的五星（六星）船，应当只有Europa和Silversea Cruises、Seabourn Cruises的船，才可算是顶尖级的船。笔者没有忘记QM2和Crystal Serenity，但前者太大而且分等级，因而船上有三等客（mauritania Class），服务标准不免有分别，后者吃饭仍是四星水平，所以它们始终很难达到顶尖的服务水平。况且这样大的船，肯定做不到体贴的服务。

我曾在温哥华上船，乘坐Silversersea Cruises的Silver Shadow进行阿拉斯加的10天之旅，回来后觉得很满意。从服务的角度看，真的应当是这样才像"真正的六星级"。请读者自己看看，你坐的船是否能做到下面所说的。

从岸上开始，我收到的船票以精美的真皮夹包装，放在精装纸盒里。内里还有已印好乘客名字和舱房号的行李条和三个金属精制的行李牌，还有印上乘客名字的行程小本子。

在温哥华报到时，只需出示船票和护照，不用办什么手续（因为他们已根据资料代填一切表格），立即奉上门卡，并立即有专人争着帮每一位乘客拿手提行李，把你送到客房。

客房是真正的套房，Silver Shadow的普通房面积也达350英尺，比Crystal Cruises的房大了80%，比RCI的房大了两倍。比Seabourn Cruises的房大的，则只有Europa了。

客房装饰豪华，大理石浴室有浴缸和分隔的淋浴间。巨大的walk-in（大衣柜），内里除了一般设施外，尚供应雨伞和高倍望远镜（因为没料到有此装备，我还自带了这两样东西）。客房给我的印象是它不像船舱，而像岸上的五星酒店。

两个服务员管一组客房，服务快捷：我早上出去20分钟，回来时房间已收拾好。所以虽谢绝小费，但下船时我还是给了50美元（而我相信左邻右舍的美国豪客也一定给小费）。客房外的巨大柚木地板露台，隔天就用水清洗。入住时有香槟，客房的minibar的酒水是免费的，餐厅奉送酒，而且可以吩咐侍应送一瓶到客房。新鲜水果也天天更换。

办过境手续时，船员已根据护照上的资料，给你分别填妥申报表，只等你签名。这些细节显示出服务的无微不至。

早餐可选餐厅或自助餐厅。餐厅的早餐菜单包括烤鱼、羊扒、小牛扒，一律现制；自助餐厅也一样有侍应带位，服务一如正餐厅。桌子摆设有白色纯棉桌布和餐巾、银器与水晶器皿，不同的只是自选食物。但取食物时柜台后面有人给你端，取完食物

有侍应接过来给你送回桌子，完全不像四星船般排长龙争食。四星船上，还得一手拿盘、一手拿水，出现"运送困难"的场面。自助食物的质量也大不相同，例如五星船的橙汁一定鲜榨，也有V8菜汁等。

下午茶也带位入席，铺桌布，用银器和骨瓷，带白手套，有新鲜出炉的scone（烤饼）和真正精美的点心。这使我想到所有四星船的下午茶，只会给赶鸭仔坐大桌子，和不认识的人一起喝茶。午餐和晚餐除了正餐厅外另有选择的去处，因为餐桌充足，采用自由坐席制，随时有小桌子享独食之乐。晚餐除正餐厅外，自助餐厅往往每晚提供不同的主题美食，例如以意大利餐或日本餐为主题。虽说是自助餐，也提供同样的高级侍应服务，餐酒饮品免费供应。另有Le Champagne（香槟）美食餐厅，由米切林二星级的Girasol Restaurant（吉拉索莱餐厅）的厨师Joachim Koerper主理。和别的船的名厨的"遥控主理"不同，这里的厨师都是由餐厅训练、学满师后出来的，一吃便知其讲究。很多船公司的名厨，只是个挂名的顾问（很可能根本不闻不问）。这里供应的好酒价钱很合理，例如Chateau Haut-Brion 1981（1981年奥·伯李翁堡红葡萄酒）售160美元，比到屈臣氏买酒还便宜（听说Crystal的酒价今天已十分贵）。简言之，我在这里的餐厅吃到了过去10年船上能吃到的最精致的几顿饭！

那天华服之夜，我点的菜包括鱼子酱（真的鱼子酱，不是Princess Cruises的船上的"三文鱼子酱"）、煎鹅肝（几百人吃饭，竟能每份都煎得好。可见船上的餐，不是四星船上几百份同时间一锅炮制的宴会式大锅饭），还有汤和新鲜龙虾，再加甜品。最重要的是，船上的每个服务员都尽所能服侍客人，尽管此船是特别建议客人不用付小费的船。

最令我惊奇的是，即使只是自由入席没有固定的餐厅侍应，但似乎所有的服务员都认识你，个个面带笑容向你问好。这曾是水晶邮轮的强项，但听说今天已办不到了。也难怪，Crystal Symphony乘客有900人，Silver Shadow只有380人。

无可否认，所有六星船都不是热闹好玩的船，没有四星巨轮的大场面表演，但如果你要求的是上述的真正顶尖的服务，你会选择坐Silversea Cruises的邮轮。这服务水平，恐怕比Crystal Cruises的邮轮还要高级。这才是真正的"六星船"。

邮轮公司和它们的服务规格

和邮轮常客讲起坐船，他们会说"啊，我最近坐过NCL游夏威夷，很好玩"，或者说"游阿拉斯加我总是坐Princess，在那航线还是他们的船最多"，等等。他们说的NCL和Princess，不是指某艘船，而是指船公司。

原来，邮轮常客往往是某某公司的忠实客人，不愿试新，要试也只愿试那间船公司的新船。那年Crystal Cruises的新船Crystal Serenity下水，做出了邮轮史上前所未有的创举：首航的全体乘客一律全数退回船费，亦即大家免费坐船。该船是五星

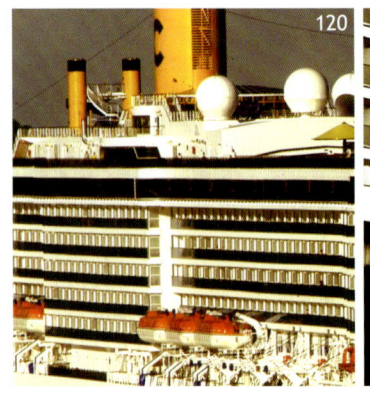

船（或俗称六星级），而那次航行全船1 100个客位全满。上文说过，客人早就买票了，而船厂交船误了期，船公司没有足够时间训练员工，怕招待忠诚的老顾客略有不周之处，索性请了客。种种例子可见，我们坐船跟定自己喜欢的船公司，实在有道理。

也许最重要的是，每一间船公司都有它特定的服务规格和服务哲学（服务的"软件"）。而这些因素令同一间船公司不论新旧的每艘船，服务都大致相同。船固然有新旧大小，设备（"硬件"）都不一样，但只要是同公司的船，服务模式基本一样，亦即该公司老顾客所习惯和要求的服务模式。

下面讨论的是各大公司的服务模式和规格。这是邮轮客选择邮轮公司时最重要的基本资料。比方说，Holland America和Costa Cruises提供了不同的服务模式，因为两者的客人，完全是要求不同的两类人！这两间船公司同属Carnival Corporation旗下，之所以完全独立操作，就是因为要建立两个品牌所代表的服务模式。

所谓八大邮轮公司，"大"是指船公司的规模（船队的吨位和有多少艘船）和最重要的每年的载客人次总量。这八间公司经营的主要是四星船（有自封为五星的）和三星船，却拥有全部近年下水的7万吨级以上的超级巨轮，即megaship。尽管这些公司本身并不经营五星船，但其大船载客一般是2 000人，所以生意额也是最大的。而且，场面宏大、装备最豪华的船还是这些大船，而不是吨位小甚至有点陈旧的五星船。

"八大"之中，每间公司都各有其不同的服务规格与重点。我认为坐船的朋友必须熟悉这些方面，才能选中适合自己的船，才能尽兴。

"八大"之中，拥有船最多、船的吨位最大的，始终是Carnival Corporation。这间公司操作一系列新建的四星巨轮，但也拥有不少比较旧的今天只值三星级的船。但这间公司的成功，使其渐渐成为邮轮业内几近垄断性的大集团。"八大"中的四间公司都是其集团成员（Carnival Cruise Lines、Costa Cruises、Holland America和Princess Cruises）。它还拥有执五星船牛耳的Cunard Cruises和Seabourn Cruises！幸而，这些公司尚算能按照自身方式经营，维持独立路线，保持自己的风格。

Carnival Cruise Lines的船是最"好玩"的船，几乎24小时都有节目，所以最适合年轻人。Carnival Cruise Lines不扮高深，收费最合理。饮食和服务虽水准不太高，但物值仍然最高，甚至推出了一个叫"假期保证"（vacation guarantee）的办法，邮轮客不满意可以随时下船，船公司会按剩下多少天退回船费，但从来没有不满意到选择中途下船的客人。Carnival Cruise Lines的船遍布天下，但仍以加勒比海为主力。不过在远东，其代理（往往也代理集团旗下其他公司）似乎认为Carnival Cruise Lines的

122

123 124

125 126

GOLDEN PRINCESS 127

128

CARNIVAL LEGEN 129

那种cruise style不适合我们，不大推销Carnival Cruise Lines的产品，尽管其船费比别人便宜，舱房也比同级船大些。既然香港代理也不理，那就还是让美国工薪层的普罗大众（该公司的地道客人）去坐吧。

　　Costa Cruises也较适合年轻人。原公司是意大利公司，可喜的是，被嘉年华集团收购后，仍然力求维持欧陆风格，标榜是意大利式邮轮：Cruising Italian Style。其收费极合理，饮食不差（到底是意大利餐，即使偷工减料，味道也肯定胜过美国餐）。邮轮客还是以欧洲人为主（我在地中海乘船所见）。其实，Costa Cruises邮轮的乘客国籍最多，所以任何通知均以六种语言进行，听来令人厌烦。船的舱房也较小。因为活动多，船上会比较喧闹。在其航线中，以夏季的几条地中海一周的航线最受欢迎。那是Costa Cruises的地盘。可喜的是，Costa Cruises进驻香港了。

Holland America的船则相反，适合老人坐，其节目较注重文化气息，即年轻人心目中的连场闷戏。Holland America的船不求好玩。可想而知，因为乘客较老，船上宁静得多。Holland America用的是不至于大至人山人海的船，避免用10万吨以上的船。船上的活动和服务规格比较像或模仿五星船，但收费不高（在英国常常4至5折倾销），并不能提供真正五星水准的服务，最多只是充五星。其最重要的航线点是在阿拉斯加。

Princess Cruises是阿拉斯加的首席操作者，它的船无处不在。其超大船，算是10万吨级的这类船中最豪华的。目前邮轮在斗大，想当年，最先突破10万吨级的船就是该公司的Grand Princess。Princess Cruises的船设计有特色，船大，却有意把船舱分隔，营造小船的气氛。而RCI喜欢人山人海的大会堂式大餐厅，Princess Cruises却做成3至4间普通餐厅。我喜欢其anytime dining（随时入席）制，乘客可自由选择吃饭的时间和在多间餐厅的任何一间订位。饮食水准则平平。

论规模，RCI是仅次于Carnival Corporation的大公司，同样称雄于加勒比海，提供质素稍高于Carnival Corporation的服务。Carnival Corporation以Cunard Cruise Lines的QM2称雄，成为最大的船后不到两年，RCI的Freedom of the Seas重夺最大的纪录，而且还会有更多这级的船陆续下水。此外，RCI操作了几艘一度世界最大的近15万吨的Voyager Class的船。这些船除了拼命斗大外，也有设计特色，例如只有其独创有船内景色可观的内舱，可以看到最宽敞、活动最多的船上走廊大道。但如上文所说，饮食平平，娱乐节目老套，舱房也偏小。

  Celebrity Cruises的邮轮，也可能是最接近五星水准的非五星船。Berlitz已给其评上五星级。以前作为独立公司，Celebrity Cruises曾以食品质素取胜，但被收购后，尽管厨师顾问还是世界名厨，水准已不复当年。也许是票价不够贵（实际上和RCI差不远），没有自由入席吃饭制，即意味着要和美国人搭桌子，使我不敢光顾。Celebrity Cruises的规格稍好于Holland America。其

130

中的一大特色，是买高级舱房可得butler（男管家）服务。

　　NCL的邮轮是笔者个人最喜欢的四星船，主要是喜欢其Free Style Cruising，饮食很自由。尽管别的公司也学，但没学到精髓，像Princess Cruises的船就没有那么多餐厅可选。NCL的新船有超过10间餐厅，其饮食水平也较Princess Cruises和RCI高，这方面我不同意Berlitz的评分。其乘客也以不太老的中年人为主，娱乐节目特别热闹，真的不错。但始终是吃的选择令NCL的邮轮成为我的至爱。NCL的邮轮虽非五星船，却永远有足够的小桌子让我得享独食之乐。

　　Star Cruises的大船，如SuperStar Virgo，绝不比多数美国四星船逊色，甚至比较为高档的Princess Cruises的船，也有过之无不及。最大的优点是饮食多元化，尽管有些餐厅要另外付钱，但淡季购得优惠船票后，即使付钱吃鹅肝和海胆，也不真正很贵。更要指出的是，SuperStar Virgo上的大表演是邮轮中的佼佼者。可惜近年Star Cruises没有新船，原订的船都拨给NCL了，包括SuperStar Leo也变成了norwegian spirit。star cruises的亮点是服务，最近，不论在SuperStar Virgo或SuperStar Libra上，我都得到了远胜其他船公司（如Princess Cruises）的四星船的服务。费用如此合理，服务水准也很高，真不简单。

当今世界上最伟大的邮轮

2004年1月12日，一艘新的超大邮轮下水，它注定成为航运史上最伟大的邮轮之一，甚至可以省去"之一"两字。这艘船自然是Queen Mary 2，意为玛丽皇后的第二艘船。船公司喜欢让过去退役的名船"再生"。上一代的Queen Elizabeth当年在香港外海焚毁，Queen Mary则泊在加州的长滩（Long Beach），成为一间酒店和当地的地标。Cunard Cruise Lines令这些名船复活。另外，Holland America的新船也往往沿用退役旧船的同名，甚至不加上"第二"的称呼。

QM2的重要性，在于它还没下水便已创下许多世界之最的纪录。那时它是世界最大、最长、最高、最阔，以及建筑费最贵的船。它的长度就有1 132英尺，相当于三个半足球场。目前最大的船，是RCI属下的Ultra Voyager Class的Freedom of the Seas，但此船和过去的几艘所谓voyager级的船，吨位和QM2的15万吨差不多。但QM2的设计，除了大，还要在许多方面争胜。想当年，显赫一时的泰坦尼克号大概只有QM2的三分之一大。

为什么15万吨的QM2建造费高达7.8亿美元，而略小的137 276吨的Adventure of the Seas（海洋冒险者号）建造费只是5亿呢？QM2是一艘真正的远洋邮轮，不是近年陆续下水的"游"轮。近年下水的巨轮，主要像一个浮动的海上度假村。船的吨位相差不大，但QM2吃水较深、速度较快、航行时较平稳。新的机动设备使这艘船开行时宁静得多，不像另一艘同公司的QE2（坐过QE2的人一定难忘它的机械噪音及震动）。这艘船上的艺术品装饰主要是油画，价值高达500万美元。

　　当初船刻意求大，像要打破一切纪录，设备自然应有尽有。不过，说实话，这船的设计逻辑也就是Cunard Cruise Lines的营运逻辑，笔者有不能苟同之处。

　　现役的每一艘船（绝无例外）都不分等级，但QM2仍采用QE2和上一世代的远洋邮轮那种分等级的制度。尽管乘客的活动范围不像泰坦尼克号时代般等级分明，三等客却不得越雷池半步。QM2的乘客会按所买客舱的等级使用不同的餐厅，食物质素大有分别。据Berlitz评级，可达三星级到五星级之差。换言之，坐别的船，除了客舱大小贵贱有别，其余享受一样，但坐QM2则确有头等和二等公民之别。连下午茶也一样，头等客另有lounge（休息室）。

　　QM2的头等和准头等（grill class另有queen's grill和princess grill之分），QM2的grill class的收费比别的五星船更贵，很多

人都坐不起。于是一般人要试坐这船，就得"甘为"二等公民。对我来说，要是不愿付高昂的价钱，我宁愿不坐此船（但因船的传奇性，也许我会等大减价时试一次）。很简单，付了那么多的钱，我宁愿坐exclusive（奢华）得多的Seabourn Cruises或Silversea Cruises的邮轮，而不愿坐载有3 000名乘客的船。富豪大概也不愿和三等客"同舟共济"。

开始时的航程当然客满，但此船载客达3 000之众，现在已常常大减价了，尤其是Trans-Atlantic（横渡大西洋之旅）。而且此船的时运不大好，不久前甲板折断，又因"树大招风"（被传为恐怖袭击的对象）而令有些人却步。

132

133

　　QM2的等级分明，固然使它有达2 249平方英尺的复式海上豪华公寓，但值得高兴的是便宜客房面积也不差，七成半客房都有私家露台，最小的客房也有194平方英尺。内舱中有些客房有船内景观，从窗口可看到船的大堂。这种客房最特别，又不太贵，值得一试。笔者认为，看人的活动比看海更有看头。这种设备只有RCI的voyager级和ultra voyager级的船才有。

　　不幸的是（我的偏见），船的装潢大概为了反映邮轮的黄金时代的背景，采用了20世纪20至30年代的art deco（艺术装饰派）的设计风格，我认为并不好看。如此名船竟采用这样的粗俗设计，太可惜了。

　　这是不是美国人的口味呢？美国人的品味如何，不用说大家也会心里有数了！

　　吃的一环其实是邮轮最重要的一环，尤其是你坐grill class。不幸的是，这船也似乎要反映出美国口味，主要的饮食顾问是美国名厨Daniel Boulud。船上另一重要餐厅，挂的是另一美国名厨Todd English（陶德·英格利希）的招牌，据此，你可以想见，付出高昂费用，吃的是美国餐，尽管也许是高级美国餐。如果我付出这种费用，我会期待吃法国大餐或欧陆餐，不是吃美国餐。别的五星船，没有标榜吃美国餐的。

由于船太大，QM2将来的航线，会局限于客人多和水深的地区。2007年此船有一次环球旅程，去的是香港。香港急需一个较新的邮轮码头。

QM2会取代QE2，在季节里会走大西洋航线，成为班轮。在冬天，它主要会以加勒比海为家，因为那里客人较多。在地中海，只怕很多港口都容不下这样大和吃水深的船，即使能停泊，也只怕要用驳船（tender boat）登岸。尽管有些港口能容吨位更大的Freedom of the Seas，可是QM2的吃水大约10英尺（或几乎一层楼的高度）。又因为太大，它过不了巴拿马运河，大概不会驻在阿拉斯加。将来QE2不再走大西洋航线，会走一些这样的航线。再说，Cunard Cruise Lines的85 000吨的新船Queen Victoria也快下水了（而Caronia则转售给英国的Saga Cruises）。船太多、太大了。吨位过剩对邮轮客有利，我们有的是廉价坐QM2的机会，所以我没有付出高价在"恐怖威胁"的情况下去试QM2。

QM2这样伟大的船，自然值得观光一次！可是我的兴趣，也只是止于观光一次罢了。付出高昂的费用，似乎买进的只是地道的迎合美国人的产品和刻板的英式服务。是的，就像QE2，QM2上的高级人员以英国人为主，恐怕服务也不会怎样出色。我不否认会有意外惊喜，但认为如此人山人海的超大船只怕还要到处排队。它像客房较大、食物较好的RCI的船，不像Europa、Silversea Cruises邮轮和Seabourn Cruises邮轮，这些都是真正sophisticated的高级五星船。

加勒比海名船云集享观船之乐

加勒比海是邮轮最大的市场，本来应是大多数人第一次坐船的去处，但我却在坐了20多次邮轮后走上这条航线。尽管加勒比海名船云集，在激烈竞争下，船费也是世上最便宜的，只不过我一直认为这里的卖点是阳光、海滩和免税购物，而这些都不是我的旅游兴趣，所以一直不肯抽时间到此一游。来了才发现加勒比海的真正卖点。

真正的卖点，主要是那种放怀尽欢的假日气氛。不论在何处坐邮轮，大家当然要玩个痛快，但没有像在加勒比海般的热闹气

氛。这正是多数游客所要求的气氛。但对我来说，除了尽情玩之外，个人最大的满足感其实来自自己竟能在几天时间里，阅尽当今最大、最豪华的名船，即著名邮轮公司的flagship（旗舰）！

　　船不同飞机，不但大得多，而且设计各有特色。尽管同一间公司的姊妹船大小和设计都类似，但换了不同公司的船，即使吨位类似，也会完全不同。这是我看船的兴趣之所在。尤其是在圣马丁岛的码头，四艘超过或接近10万吨的新一代超级巨轮占据了木码头的两边。走在码头的中央，觉得两旁像摩天大厦。而且一艘巨轮的长度约1 000英尺，是两个街口的距离。即使你不喜欢船，也会觉得叹为观止。这样的景色，只有在加勒比海才看得到。

　　我的加勒比海之旅，从美国的劳德代尔堡出发，第8天回到出发点，途经加勒比海群岛的两个免税港：法荷共管的圣马丁岛和美属处女群岛的圣托马斯岛。说实话，我给两个岛的形容是——没啥看头。岛上有的只是卖免税珠宝、烟酒的店。说"法荷共管"好像很大阵势，其实两国管的地方连樟木头的规模都没有，街上游人如鲫看似热闹，其实全是船上来的客人。忽然间来了五六艘大船，乘客便已过万人，船员更有两万吧。我对乘客和船员没兴趣，但对他们坐的船兴趣可大了。一时间，很多素仰其名的巨轮，竟都一一出现在我的眼前！

话说我提前两天便到达劳德代尔堡，一个可和邻近的迈阿密争"邮轮之都"的城市（其实是全程唯一有观光价值的城市）。我早来的目的除了要休息抗时差之外，主要是看船！

我住在"到此应住"的Hyatt Regency Pier 66大酒店，占尽有利位置。因为客房的露台正对着海港，尤其是正对Princess Cruises的邮轮停泊的码头——我坐的Golden Princess（108 865吨，2001年5月下水）更像泊在窗外。我目睹此船，在我出发那天的清晨6时，就在露台对面缓缓靠岸。此前的两天，我已先后看到著名邮轮像Holland America的Rotterdam（59 652吨，1997年12月下水）、Zuiderdam（85 920吨，2002年12月下水）、Celebrity Cruises的Summit（91 000吨，2001年11月下水）、Century（70 606吨，1995年12月下水）、Carnival Cruise Lines的Carnival Legend（嘉年华传奇号，85 920吨，2002年8月下水），RCI的Enchantment of the Seas（海洋魅力号，74 137吨，1997年7月下水），还有比较旧但也"比较更像真船"的Regal Empress（皇家皇后号，21 909吨，1953年下水，1993年改装后以现在的名字服务）。作为船迷，我不但拍照存案，也要把这类资料记下来。

星期五晚，Summit和Rotterdam接连开走，我在露台数着经过的巨轮，它们自民房后面缓缓出海，像陆上行舟，真是难得一见

136

的景色（住这间酒店并要求港景房，贵也值得）。

星期六傍晚近6点，Century一船当先，紧接着Carnival Legend、Regal Empress和我坐的Golden Princess，然后跟着Enchantment of the Seas。五艘船几乎排成一列开出，太壮观了。

在我们的第一站圣马丁岛，除了与Carnival Legend再相逢外，又看到别的大名鼎鼎的巨轮。在劳德代尔堡，我站在Golden Princess的甲板上看着五艘船鱼贯开航已叹为观止，没想到后来在圣托马斯岛竟看到六艘船鱼贯开出，更是奇观。

在圣马丁岛的码头，我们Golden Princess进港时，Walt Disney（迪士尼集团）旗下邮轮公司的Disney Magic（迪士尼魔法号，83 338吨，1998年7月下水）已停靠在码头的另一边。然后Carnival Legend进港，停在Golden Princess后面。不久，一艘白色的巨轮慢慢地在Disney Magic后面靠岸停泊，船虽大但操

作顺畅，如岸上泊车般。细看之下，原来竟是那时世界第二大级数的RCI的Explorer of the Seas（海洋探险者号，137 308吨，2000年10月下水）。当天码头已泊满，寄碇海中的尚有Celebrity Cruises的Zenith（精英极点号，47 255吨，1992年4月下水）和My Travel（Sun Cruises）的Sunbird（太阳鸟号，37 584吨，1982年12月下水，下水时是RCI的Song of America，1999年5月易主改现名）。

在圣马丁岛的当晚，sail away（起航）的场面已够大了，只是Explorer of the Seas一早开走了，看不到邮轮排队开出的场面，但高潮在下一站的圣托马斯岛。在这里，除了Explorer of the Seas、Disney Magic、Sunbird和我们坐的Golden Princess再次相逢外，又看到NCL的旗舰Norwegian Dawn（91 000吨，2002年10月下水）、Costa Cruises的Costa Atlantica（大西洋号，

85 700吨，2000年7月下水）和Holland America的Zaandam（赞丹号，63 000吨，2000年5月下水），一起在只有几千人口的小城市的港口里寄碇，"提供"了2万"流动户"（游客）。

当晚6点开船，景色令人难忘。夕阳未下，天上一片奶黄色的余晖，晚风徐来，十分舒畅。我在Golden Princess的甲板上，录下了Costa Atlantica、Explorer of the Seas、Disney Magic和Norwegian Dawn，顺次在水平线上排成一列起航的难忘景色！

邮轮结束航程，回到劳德代尔堡的那天，是2004年的1月31日。我充满期待，因为这天正是QM2的首航日，从英国Southampton（南安普敦市）抵达美国的首天。Golden Princess大约凌晨6点半驶进港口。我心情兴奋，早已起床。日仍未出，从窗外看到我们的船缓缓经过一艘黑色船身的巨物，原来它正是

QM2，当时是有史以来最大、最高、最长的巨轮（15万吨）。尽管它和Explorer of the Seas的排水量只是相差12 692吨，但因为长了111英尺（它的长度是1 131英尺），也更高，加上它"真船"（是ocean liner而不是公寓式的cruise ship）的profile（外形），显得高大威猛多了。劳德代尔堡的居民虽然看惯了大船，也争着看这艘最大的船。旁边停着的Holland America的Zuiderdam本来也是世上最漂亮的巨轮之一，给比了下去。QM2的适时出现，使我这个船迷在加勒比海"看船之旅"结束时，得到最完满的收获！我看到的船，远比加勒比海的那些小埠让我难忘！

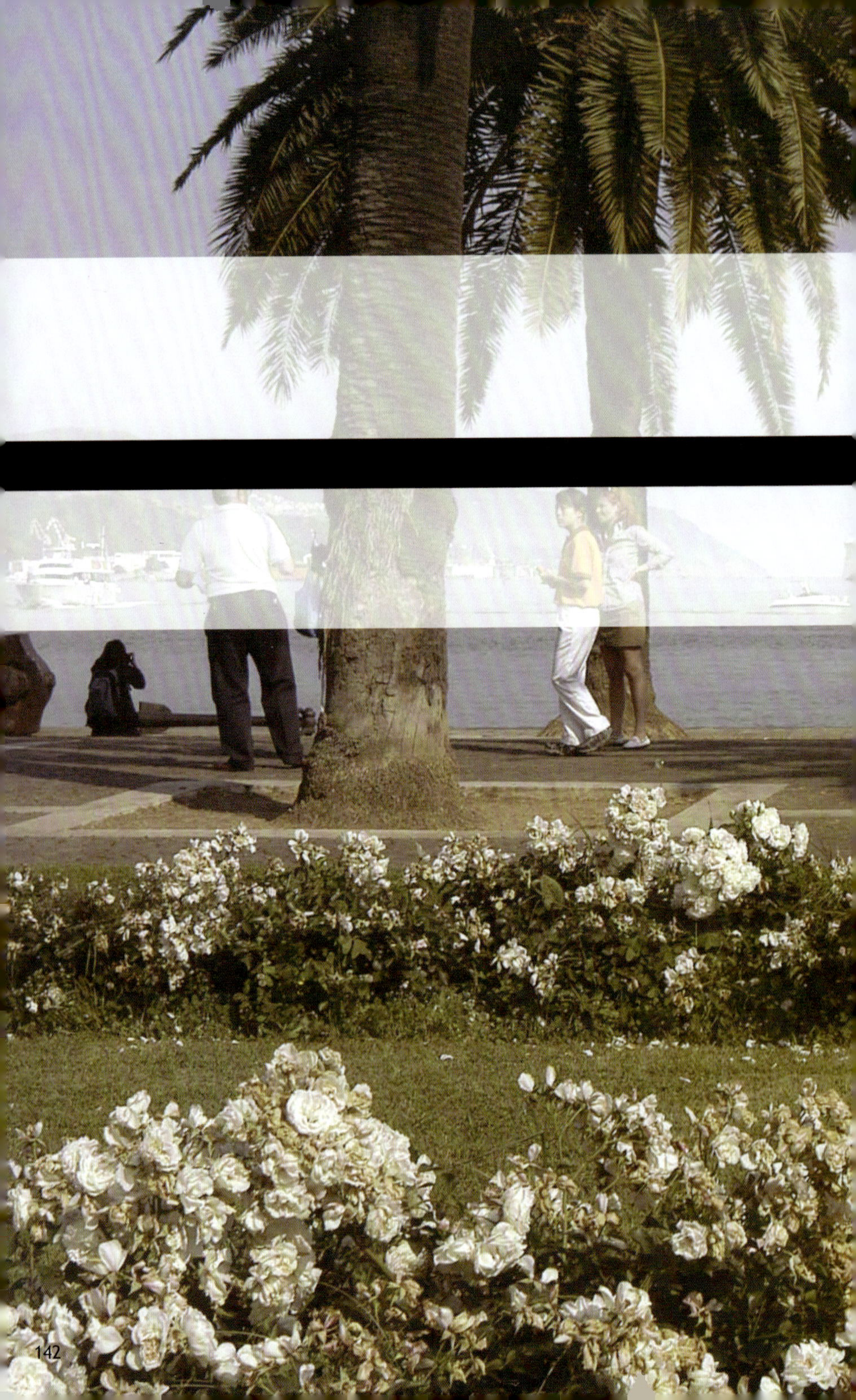

港口和航线

Chapter 4

欧洲最重要的邮轮港口

香港人坐邮轮对航线的选择，游埠仍是最重要的因素，所以，香港邮轮客特别喜欢到欧洲坐船，因为欧洲航线上有许多著名的大城市。以下谈的欧洲最重要的邮轮港口，正是多数夏季欧洲邮轮航线的出发点。

从西而东、从北而南说起。

北欧大城市成为邮轮航线的重要据点，主要是这十几年发展起来的。记得在邮轮开始兴起的初期，欧洲航线走的只限于季节长、阳光普照、风浪少的地中海。那时不是人人坐船，有机会坐船的人首先必去的是地中海。直到20世纪90年代后期，邮轮普及起来，许多人游腻了地中海，需要新的欧洲航线。波罗的海和黑海航线是最先在邮轮地图上出现的航线。

爱丁堡、汉堡、哥本哈根、斯德哥尔摩、卑尔根（Bergen）、赫尔辛基和自苏联解体后俄国开放而成为热门去处的圣彼得堡，都是今天北欧的邮轮大港。

可以想见，到圣彼得堡这些语言不通、西方人仍然陌生的地方，坐邮轮去比自己坐飞机去理想（不用安排酒店和交通，避过人为因素的困扰，到埠前，船上又代乘客妥善安排岸上游）。现在到圣彼得堡去的船，多半会停两到三天，邮轮就停泊在市内，你有足够的时间在岸上，至少能了解这一大城市的"梗概"。邮轮一般早到晚航，可是到了重要港口，有时也会多停一天。再加上北国的夏天有几乎子夜不落的太阳，天气又不像南欧般热，其实正是游埠的最佳选择。

在这些地方，除了爱丁堡不是海港，而汉堡的船的出发点更在3小时车程的外港不来梅港之外，邮轮停泊的地点大都在市内，十分方便。

哥本哈根和汉堡都是一流的购物大都会，最适合香港人。在汉堡购物，跟在伦敦和巴黎差不多，而哥本哈根长长的购物步行街，一定令女士们流连。

这些北国城市风光如画，其中圣彼得堡和斯德哥尔摩，

都是观光价值最高的尖端城市。圣彼得堡的历史名胜和博物馆，斯德哥尔摩这个"千岛之城"的旧城，都是喜欢游埠的人一去再去的。其实北欧航点的赫尔辛基，也是风光如画的大城市。还有经外港坐车去的柏林，都应是必游的。北欧邮轮航线，从伦敦（外港南安普敦）或大多数从哥本哈根出发，大约10天到两星期夕发朝至的旅程，便可以遍访多个名城，一点不用舟车劳顿，太理想了。美中不足的是，不少这些港口不是深水港，所以船公司有时不能用今天最大的新船来走北欧航线。

伦敦也是重要邮轮港，尽管只有Seabourn Cruises和Silversea Cruises的一万吨级的五星船才能驶入泰晤士河，停泊在伦敦市塔桥旁，但深水港南安普敦和多佛尔都只是一小时半车程。不过，从南安普敦出发的航线，因为偏远，主要走大西洋航班（如QM2）或季末的Reposition，夏季多数只能走英国环岛或大西洋海港和海岛航线，但沿线城市对游埠客的吸引力比不上地中海和北欧城市的多姿多彩。

大西洋沿岸的邮轮名城，包括诺曼底的港口、酒都波尔多和葡京里斯本，都不是很大的都市，但另有风味。如果是较小的船，则可以进入内河，访法国城市如Rouen（鲁昂，距巴黎只有一小时半车程）和La Rochelle（拉罗谢尔）。限于时间，航速比较快的真正远洋船如QE2和QM2，从伦敦出发可以有足够时间进入地中海的法国南部再回航。不过，一般从伦敦出发的大西洋海岸航线会通过直布罗陀海峡，也算进入地中海，以西班牙的大城市巴塞罗那为终点，提供游埠的乐趣。

巴塞罗那是一流的观光大城市，是购物的好去处。它其实才是地中海众多航线的起点站。最远的两周航程可达土耳其的伊斯坦布尔，例如Princess Cruises轮首创的航线。这条航线乘客量最高，竞争最大，沿途又都是深水港，于是各船公司都将最新、最大的船投入这条航线。马耳他（Malta）和塞浦路斯也常有船去，甚至以色列的海法和埃及的亚历山大港都是地中海之旅引出的航点。马耳他风光如画，Star Cruises甚至将其选做其夏季欧洲线的母港。不过，中东有恐怖袭击的危险，所以近年去的船少了。

十多天的旅程，天天在晚上航行，次晨到达一个地方，比如帕尔马（Palma de Mallorca）、马赛、尼斯、热那亚（Genoa）、佛罗伦萨、罗马或那不勒斯，然后进入亚得里亚海到威尼斯，进入爱琴海经雅典到达伊斯坦布尔，真是名城林立，而

148 149

Complete Guide to Cruising ◀ 135

150

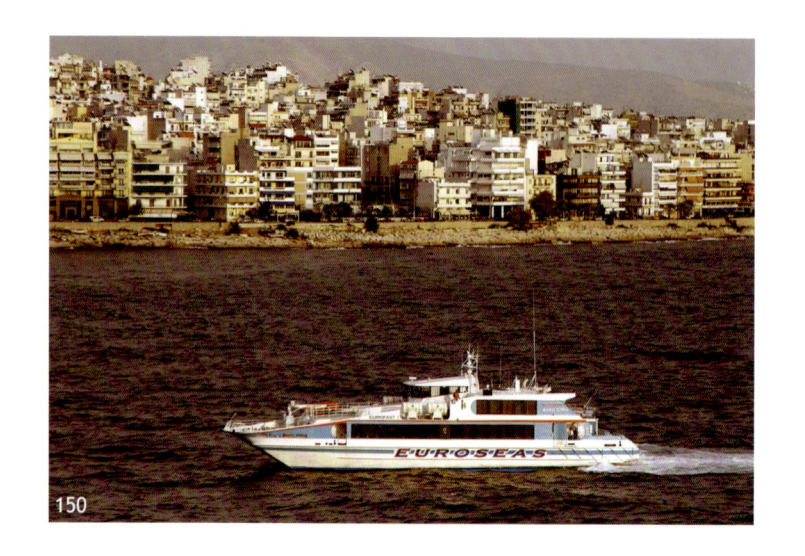

且都是既有历史，也最热闹的观光游埠的地方。不过，在这些地方中，在帕尔马和威尼斯等地，邮轮停得老远，或者要用驳船登岸，而在佛罗伦萨和罗马，都得停泊在外港，再加上南欧的夏天很热，到处人山人海，这都是美中不足的地方。但也许这些城市太吸引人了，这些地方仍是邮轮客最喜欢的航线。

显赫的城市，如罗马、佛罗伦萨和威尼斯都已不用介绍了。不过，尽管你到过威尼斯许多次，坐邮轮缓缓通过威尼斯的大运河，驶往罗马广场附近的邮轮码头，沿途所见的景色会令你毕生难忘！

威尼斯和热那亚因为地理位置适宜，是许多往地中海东走的航线的起点。热那亚这个哥伦布的出生地，也许不是一线大都会，但对邮轮来说，它特别重要，不但是航线终站，也是许多船的必经之地。热那亚可不是个小城市，它是风光如画的山城，景观和购物都一流。热那亚、巴塞罗那、雅典和伊斯坦布尔，这几

个地方对邮轮的重要性胜过伦敦、巴黎，就因为地理位置适宜，成为地中海邮轮航线的起点站和终点站。

　　雅典航线是畅游希腊群岛的起点，这条航线可以东达以色列和埃及。在雅典，邮轮停泊在外港Piraeus（比雷埃夫斯港）。雅典和伊斯坦布尔也许不是最现代化的大都会，所以不是女士们的购物胜地，但却是最好玩的观光城市。许多人喜欢在这些地方出发坐船，就是因为它的观光价值高。我通常会先到几天，一方面尽情观光，一方面借此克服时差带来的不适，养足精神去坐船。

　　值得一提的是，在这些邮轮的起点城市，每逢邮轮季节，邮轮客纷纷涌来，酒店不免有人满之患，一切要预先安排才是。在邮轮季节，雅典的机场会有各大邮轮公司的职员驻扎，可以帮你解决问题。很多邮轮客人都住在洲际酒店，于是这家酒店也有船公司的人员常驻。我喜欢选住船公司用的酒店，图的是方便。

美洲的邮轮港口

以乘客量计，世界上最重要的邮轮港口主要都在北美洲。不单是邮轮客仍然以美国人为主，全年乘客量最大的航线也仍是加勒比海和阿拉斯加这两条北美航线。那年，因为"9·11"，美国人害怕坐飞机，于是美国的邮轮港口一度兴旺，北美洲还为此增加了许多港口。比如，夏威夷和墨西哥湾航线便是"9·11"后发展得特别快的两条航线。纽约也成了一些新航线的出发点，目的是令当地人不用坐飞机便可开始邮轮假期。

美国大城市中除了迈阿密号称"邮轮之都"外，纽约、旧金山、洛杉矶、西雅图、新奥尔良和火奴鲁鲁，都是"邮轮城市"。

迈阿密（也包括附近的劳德代尔堡）之所以重要，是因为它是加勒比海航线的主要出发点。很多船公司选择劳德代尔堡为出发点。迈阿密这个城市比较复杂，因为它也包括Miami Beach（迈阿密海滩）和Miami South Beach（迈阿密南海滩）。这两个地方比迈阿密市还热闹好玩。到迈阿密坐船，笔者建议早到两天，除了征服时差外，也好在热闹的南海滩玩两天，这里是美国著名的度假所在地，美国人和欧洲人都喜欢来。此外，加勒比海和巴拿马运河的航线会从新奥尔良出发，你可以选择自己喜欢的出发点。

纽约现在也成了加勒比航线的一个重要起点站，尤其从这里到百慕大群岛和巴哈马群岛，比迈阿密近。另外就是北上到加拿大蒙特利尔的航线。这条航线（被称为Autumn Leaves）主要在初秋出发，经波士顿直上加拿大的魁北克，这时候正是欣赏红叶的时候，天气正宜人。

这些航线多半是一周的航线，对美国人来说算是短程的邮轮假期了。更短的航线有到百慕大的三晚航线，那里离纽约很近。

加勒比海和阿拉斯加的城市都只是小镇规模，可是每逢旅游季节，这些小港口就成为邮轮的重要港口。因为邮轮客多于居民，所以小镇也设备齐全，特别多的当然是商店了。

从旧金山和西雅图出发的航线，主要是夏天北上阿拉斯加。不过，从旧

金山出发（Crystal Cruises的航线）要花10天，比从温哥华出发要多3天。但很多人仍然喜欢顺道游旧金山。

洛杉矶和加州再南的San Diego（圣迭戈），是墨西哥所谓的Mexican Riviera（墨西哥蔚蓝海岸）航线的起点。这条航线南下墨西哥湾，都是阳光与海滩，可称为美洲西岸的"加勒比海航线"。

旧金山、洛杉矶和西雅图，每个地方都有它的拥护者，很多人选择在自己喜欢的城市登船，顺道去玩几天。旧金山和西雅图的码头都在市内，上船很方便。洛杉矶的外港（Port of Los Angeles）则实际上是在另一个小镇，但也不用担心，机场巴士可以直达，送你到酒店或码头。如果在那里的酒店先住一晚，酒店也会有交通车送客到码头。

最近，洛杉矶的另一个卫星市镇长滩也建成了新的邮轮码

头,而且就在Queen Mary附近。Queen Mary这艘当年显赫一时的邮轮退役后成为酒店。到洛杉矶坐船,可先"坐"这艘名船一晚。长滩是个很漂亮的城市,可惜交通不是那么方便,但也只是最多花几十块(美元)坐出租车而已,值得。住在Queen Mary,客房照以前邮轮的编制出租,丰俭由人。

但是,北美西岸最重要的邮轮海港,仍得首推加拿大的温哥华,尽管近年西雅图不断争它的生意。往阿拉斯加去的船,多半仍从温哥华开出,但邮轮公司,如NCL,则早就以西雅图而不是温哥华为出发港。为了争生意,Princess Cruises也开西雅图线,而且在那里部署了最大的船,以抗衡NCL的新船。

不过,从香港出发,到温哥华的航班很多,航空接驳较方便,温哥华也是比西雅图好玩的城市。温哥华的主要码头恰好在市中心,但也另有一个码头在唐人街附近。最理想的是坐完船再坐Rocky Mountaineer Railtours(洛矶山登山者号)的观光火车游洛矶山。这是世上最著名的火车旅程之一。

近年夏威夷群岛也成了重要的邮轮航线,通常是一个星期的环岛旅程。夏威夷群岛不单是火奴鲁鲁(俗称檀香山),别的岛更好玩。邮轮客可以选择在途程的任何一点登船和下船。夏威夷的首府火奴鲁鲁是个旅游胜地,因为酒店特别多,消费也特别便宜。到此坐船也正好游游夏威夷。

每年冬天,也就是南美洲的夏季,你可以到南美坐船。南美的亚马孙河航线和环绕南美南端的Cape Horn航线,都是最好的航线,可惜路途远。但如果你不怕坐飞机到阿根廷(从香港出发飞行近30小时,从纽约或洛杉矶去也得飞一个通宵),那么从那里南下,经Cape Horn到智利的圣地亚哥的航线,绝对值得一

158

试。虽然路远,但阿根廷首都布宜诺斯艾利斯是世界上最好玩的大城市之一,值得多住3天。这个城市既有高楼大厦,也有风光如画的渔港La Boca(拉波卡区),每个区都不同。在这样的地方开始邮轮假期,特别理想。大约两星期后到智利,圣地亚哥也值得一看,但可观程度差得远了。走这条航线,在阿根廷上船比较理想,因为布宜诺斯艾利斯绝对值得一游,而且码头在市中心。圣地亚哥的海港是Valparaiso(瓦尔帕莱索港),得经过近3小时的车程才能到机场。

亚太地区的邮轮港口

无可否认,亚太地区的邮轮市场仍待发展,但前景甚佳。在这个地区,澳洲大概是最成熟的邮轮市场,但中国香港和新加坡自从Star Cruises常驻后,也成了不折不扣的长年性邮轮中心(Cruise Hub,指有邮轮以这个地方为出发的定点)。论地理位置,新加坡更胜过中国香港,因为它在更南方,而中国香港的冬季也会有大风浪。

本来日本旅游事业比较发达,人民也富有,应成为邮轮中心,但北国海面的秋冬季节风浪大,不宜定班邮轮的全年航行。中国台湾和韩国也一样。

中国香港和新加坡两地,有进一步发展邮轮旅游的条件。这两个地方气候算温和,冬季风浪也不大(不像中国台湾的基隆,冬季不宜行船),人口多而平均收入不差,再加上两个城市本身的可

游性高，于是每年冬季，远洋来的走环球航线的邮轮纷纷来寄碇几天，这一切都是两地成为邮轮中心的条件。

可惜的是，以香港为例，邮轮设施已不足。香港只有一个海运大厦，每逢冬天，许多远洋来的豪华邮轮经常要泊到葵涌（香港新界南部的一个地方）去。香港特区政府虽说要把香港发展成邮轮中心，可惜议而不行，不过，随着邮轮旅游的日益普及，香港一定会成为世界级的邮轮中心。目前亚洲最好的海运站，是中国香港和新加坡，也只有这两地拥有既设在市中心且设备好的海运站。

吉隆坡和曼谷，也是较好的邮轮中心，这两个地方也是有吸引力的城市。可惜吉隆坡的港口Port Klang（巴生港）和曼谷的港口在帕塔亚不远处的Liam Chabang都太远（得两小时车程和200港元的车费）。加上码头在荒芜的地方，很不理想。反而，布吉和浮罗交宜比较方便，上了岸就会有活动。

南洋地方风平浪静，有长年航行的先天条件，需要的只是经济条件的配合。

越南是较近期开放的国家，开放后发展也算快。它对西方客人（远洋船绝对最重要的客人）而言，至今仍有一定程度的新鲜感（有许多美国人在此战死）。越南虽不是什么邮轮中心，却是许多邮轮到访的地方。

越南的重要邮轮港口，除了香港人一度常到的下龙湾外，还有胡志明市（西贡）和岘港。可惜西贡河水浅，大船进不去，有时更得远远泊在头顿港。

日本是海洋国家，邮轮港口很多，从札幌、横滨（东京）到往南的鹿儿岛和神户，在适当的季节常有邮轮到访。不过，有些地方，像鹿儿岛，码头太远，交通不便。在鹿儿岛坐几分钟的出租车，到轻铁站转电车进城，车费相当于在吉隆坡坐一小时半的车到巴生港（先议价）。

韩国最好的邮轮港口是第二大城市釜山，而不是在内陆的首尔。釜山港口虽无海运大厦但服务上轨道，码头距市中心不远，城市也有看头。笔者认为这种城市，是最理想的邮轮港。

到韩国的船，多半也会到中国。大连和青岛都不远。

讲到中国，这市场潜力太大了。目前的问题，主要是基建的问题。即使是首席大港口上海，码头设备不但不足，而且极差。目前，内地最先进的邮轮港口也许是大连。厦门也是中国重要的邮轮港口。

在上海，船泊在外滩的高阳码头还算方便。到南京东路去，打的（坐出租车）只要人民币10元，但碰到涨水，大船便得近者泊在浦东市（涨水时大船通不过阳浦大桥），远者甚至要停泊在黄浦江口极远的浦东货柜码头。外滩只能泊两艘船。乘客要有泊

得很远的心理准备。上海实在急需一个现代化、可泊几艘船的码头，以应付越来越多的船的到访。2006年夏天，Costa Cruises的船驻上海几个月，首开外国邮轮以中国城市为据点的先河。

坐一艘好船（如当年的SuperStar Leo）而不是当年的蟑螂船锦江号班轮到上海，是一大旅游经验。邮轮从黄浦江口缓缓驶进上海中心约需近3小时。在这3小时里，你可以看到许多黄浦江上活动的精彩镜头。我已几度试过（坐SuperStar Leo、坐Norwegian Wind和Royal Viking Sun），还是看不厌。最近一次坐船到上海，坐的是超过10万吨的Diamond Princess，船太大不经过黄浦江，船又泊得远，既看不到这景色也不方便。坐大船有利有弊。

令人失望的是，尽管因为北京的重要性，到北京的船已很多，可最接近北京的海港天津新港，设备实在太差。北京虽不是海港，但船泊在天津新港偏僻的码头，实在太远了，到北京可能要3个小时。从北京到天津新港口坐船，搭出租车去约要500元人民币，我的经验是，两小时多的车程后，北京司机多方打听才找到全无设备的码头。到北京坐船，最好还是参加邮轮公司的接送。

中国一定会有成为亚太区邮轮大国的一天，但在这天之前，要做的准备可不少。

目前亚太区国家中，邮轮旅游意识最高的地方是澳洲。以前每次坐SuperStar Leo，总看到许多澳洲人飞来中国香港坐船。在欧美坐船，澳洲人更是常客。奇怪的是澳洲却不是有定班航线的邮轮中心，也许澳洲本土太偏远？但我认为，悉尼是世界最理想的邮轮港口之一，应当有船常驻，成为邮轮中心。SARS为患时，SuperStar Leo和SuperStar Virgo都曾派往澳洲，听说生意都不错。

Star Cruises现在每年有定班船派驻印度的孟买，听说生意不错。孟买和迪拜也是重要的邮轮港口，可惜对我们来说，这些亚洲地方太远了，似乎比到欧洲还要困难！

Complete Guide to Cruising ◀ 147

邮轮航线的选择

讲过邮轮的选择后,必须再分析航线的选择。很多人坐船回来后说不好玩,主要是因为选错了航线。

要充分享受邮轮假期,除了选船的因素不言而喻外,你必须选对配合你的旅游兴趣的航线。

许多人坐邮轮回来结果未能尽兴,往往正因选的航线和出发前的预期不一样。预期的错误是因为坐船者不做好功课。本文的内容,是要讲所有的主要航线究竟看的是什么和每条航线的优点、缺点。

邮轮航线越来越多,每间公司都不断发掘新航线,每季日新月异,像Star Cruises在2006年也开办了印度和地中海航线。归纳起来,航线可以分成几个类目来讨论。

从航线的性质来讲,我想所有航线都可以大致归纳为风景航线和游埠(城市)航线两大类,其中当然也包括既经城市又有点风景可看的航线。

最近朋友来电叫我介绍一条欧洲航线：他们去年曾坐过Princess Cruises从巴塞罗那到伊斯坦布尔的航线，觉得好玩，想再找一条航线去玩。本来我介绍他游东地中海风光如画的希腊群岛线，但他说太太们要买东西。于是我介绍他去游北欧和黑海航线，因为此线有太太们可以疯狂购物的大城市，结果他满意了。

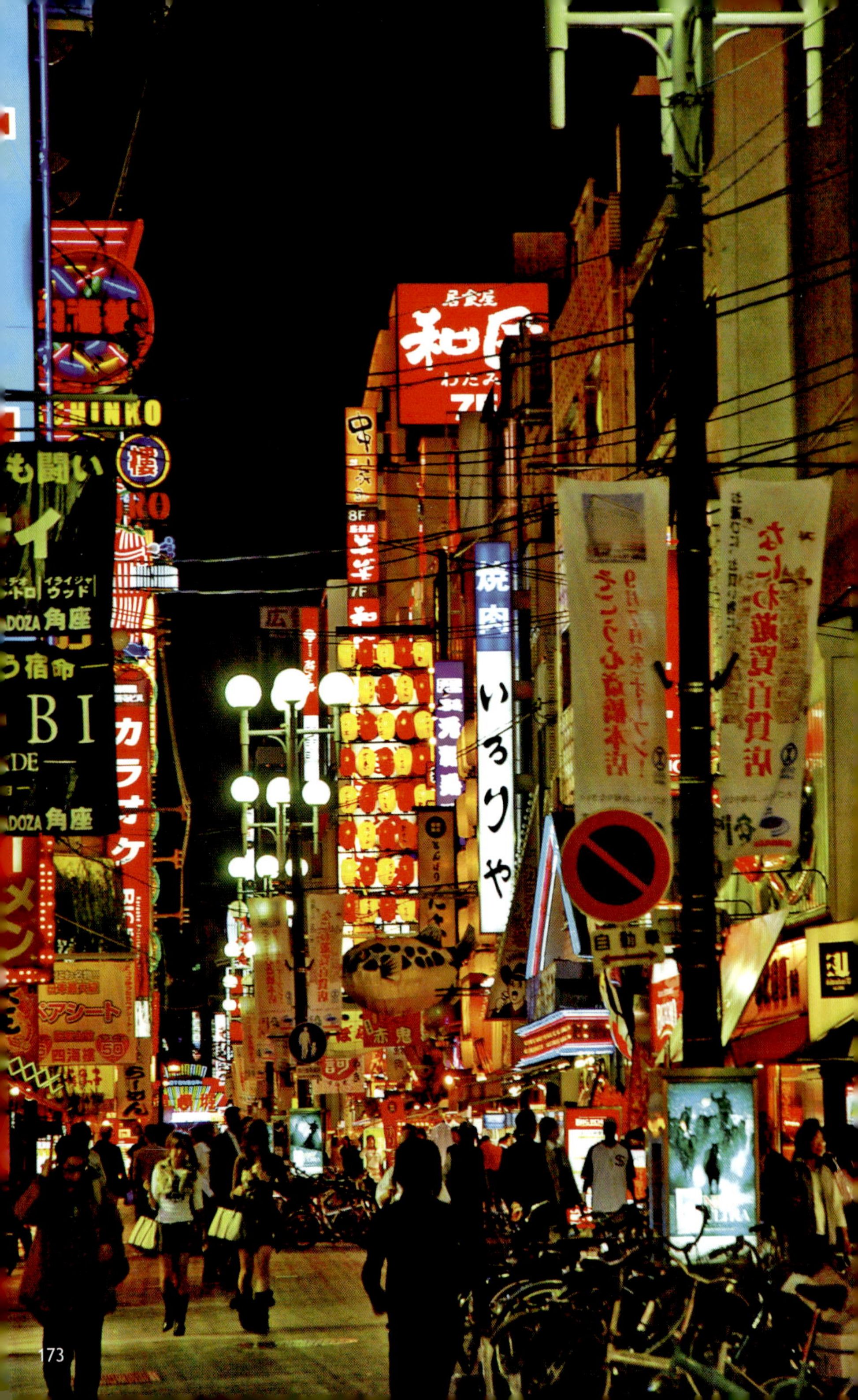
居食屋
SHINKO
8F
7F
DOZA 角座
カラオケ
焼肉
いろりや
自動車
ペアシート
四海楼
赤鬼

由此可见，正因每人各有要求，航线的选择不能掉以轻心，有很多考虑因素。

先讲风景线。刚才说的希腊群岛航线，主要的卖点是风景。比如，美得不像现实的Santorini（桑托林岛），我发现那里竟连Patek Philippe（百达翡丽表）都有得卖，但它终究不是购物城市，岛上的店卖的主要是纪念品。这些地方虽然人气（夏季甚至人太多）很旺，但你来这里主要是为了看风景。希腊群岛有许多个岛，每个都有独特的风光。

每年夏季只开几程的North Cape（北角）或Iceland（冰岛）北极圈之旅，风景一流，包括看挪威著名的Geiranger Fjord（盖朗厄尔峡湾），也可能看到冰川，但这航线经过的主要是挪威的小城市，也非游埠的佳选。虽然必经的卑尔根和也许经过的爱丁堡算是有规模的城市。

到希腊群岛，旺季总会人山人海，于是便有无数的商店（不幸的是大都在卖纪念品）。North Cape人气也不错，但如果你选择到阿拉斯加去，那几乎纯是为了看风景了。离开温哥华后，停泊的地方大都只是乡村，店里的东西大都是卖得很贵的纪念品。但如果你想看的是风景，这条航线无可比拟！

每年秋冬才开航的巴拿马运河之旅，为的是花大半天通过运河看人类工程的奇观，那当然算是风景线了。而冬季（即南半球夏季）的南美的Cape Horn之旅，从阿根廷南下绕过南美大陆的尖端回智利，是另一条伟大的风景线，有"The Alaska of South America"（南美的阿拉斯加）之称。不过，此线的缺点是风浪经常很大。其实，任何风景线都可能"天有不测之风云"，我曾游North Cape直达北极边缘，一路风平浪静，但船员告诉我，风浪

会突如其来。在极地更易有不测之风云,我最近游Cape Horn,几乎天天碰到大风浪。季节往往很重要,进入秋冬季,即使是地中海也会有风浪。

夏威夷群岛、墨西哥海岸、巴哈马和百慕大,还有"邮轮航线之王"(以乘客量计)加勒比海,卖点是阳光与海滩,所以都应算是风景线(尽管其实没有风景可看)。但加勒比海游客多,其免税购物很有名,多的是豪华商品,让五星船的豪客买个畅快。这些航线的亮点是船上的假日气氛,所以应是"为坐船而坐船"的航线。

至于游埠航线,夏季在欧洲游西地中海,走遍法国、意大利和西班牙的名都,这些地方既是城市也是购物天堂。Baltic(波罗的海)及Northern Capitals(北国)航线也会经过哥本哈根、斯德哥尔摩、圣彼得堡,甚至进入柏林的外港,这也是很好的游埠航线。这些城市也很大,却不像南欧地中海城市的夏天那样人多，很受欢迎。只是，这些航线都仅仅夏天才开航。

从季节的分类看，夏季游欧洲和阿拉斯加，冬季则游中南美和加勒比海。夏季结束时，邮轮纷纷渡过大西洋从欧洲回美国，或从美洲西岸离开阿拉斯加通过巴拿马运河都集中于加勒比海，而那里的旺季亦开始了。加勒比海夏天也有船航行，但夏天是风季，天气太热了。

讲到季节的问题，每年秋冬是邮轮环游世界航线（World Cruises）的时候，不少船从美洲出发，作为期3个月的环球之旅。我们可以在整个航程中，选船公司编定的一程，只是游7天也可以。这个时候，许多名船都会经过中国香港。从中国香港出发坐其中一程，既可北上游日本、韩国和中国内地，也可南下去往南亚和澳洲。既有风景线可选，也有游埠线可选，而且以适宜游埠的航线居多。香港人不想坐飞机去登船，冬季有很多选择，但秋冬季可能有大浪。

阁下计划航程时，这些枝节都必须考虑清楚。最重要的是明白每条航线的特色，选对你喜欢的航线！

175

邮轮之旅
Chapter5
游记

加勒比海：
阳光海滩的一周旅程

　　加勒比海的邮轮旅程是邮轮业的最大市场。夸张点说，邮轮客怎么也得去一次加勒比海！

　　基本旅程都是七晚八天之旅，大约停泊三个地方，有三天是整天的海上航行，让乘客享受船上的吃喝玩乐设施。于是，船的选择十分重要。其实，各大邮轮公司都会把旗舰放在加勒比海来争这个最大的市场，"好船"的选择可多了。我那次坐的是Princess Cruises的Golden Princess，游人气最旺的加勒比海东线。

　　尽管很多香港人坐船为了游埠，但资深乘客坐船主要是享受船上的设施，大吃大喝（一天吃个七八顿），看尽表演。加勒比海之行提供的上岸日数和航海日数正好最为理想、合理，再加上这里有洋人最爱的温暖天气，又可以享受免税购物，于是成为美国人心目中的最佳旅行之地。

Golden Princess排水量109 000吨，也算是世界最大的船之一，但全邮轮客满。每到一地，总看到5艘以上这级数的超级巨轮早到晚航，大概所有船都卖个满堂红（冬天是旺季），尽管那很可能是削价竞销的结果。船到的港口，人口只有5万多，但6艘超级邮轮送来的游客已超过万人。

Golden Princess从劳德代尔堡出发，这个地方距迈阿密国际机场仅半小时多的车程，像以前一样，我早到两天，以避免航班出错上不了船和克服时差带来的不适，以尽情享受我的邮轮假期。初游劳德代尔堡，发现这个有"美洲威尼斯"之称的城市很有看头，比迈阿密漂亮。从地图上看看不出什么，但这个城市对某些人而言鼎鼎大名，它是美国的游艇之都，在这个有很多运河的城市，很多超级富豪的大游艇就停泊在河边的花园豪宅船位兼私家码头的前面。Carnival Corporation的大老板的大游艇也停泊在此，他是当今的邮轮大亨，坐自己的大游艇出海，当然比我们坐他的邮轮（即使是QM2）还要高档得多！

劳德代尔堡最好的酒店是Hyatt Regency at Pier 66。这是一间占地达22英亩的度假酒店，但它仍在市内，而且正对着Golden Princess停泊的码头。最妙的是，酒店经营的66号码头也正是一个最高级的游艇湾（yacht marina），而且水上巴士也有一个站设在码头。水上巴士很准点，一天无限次使用船费仅5美元。不过美国是个盛行小费制度的国家，水上巴士上设有小费箱，很多人会给至少一美元的小费，我除了自认吝啬不给之外，还觉得坐公共

交通还要给比票价还多的小费太不合逻辑了。

　　我的旅程从星期六开始，下一个星期六返程。开始的三个晚上是海上航行的时间，我的"坐船哲学"是坐船本身最重要，游埠其次。有三天时间不用"受上岸的干扰"而尽情享受船上生活，正合我意。

　　在Golden Princess上，吃喝玩乐设备齐全。许多洋人一书在手，整天躺在甲板上晒太阳而自得其乐，也有人玩健身或使用船上的其中一个泳池。Golden Princess的表演节目极精彩，表演时，可以20多人一起出场。三天时间吃吃玩玩，不但不闷，还觉得时间不够用，忙这忙那开心了三天后，第四天船抵第一站著名的圣马丁岛。这个小岛法国和荷兰各占一半，所以岛名既叫St. Maarten（荷文），也叫St. Martin（法文）。Golden Princess停泊在荷属的St. Maarten的首府Philipsburg（菲利普斯堡），这个地方的规模像香港没有五层以上房屋时代的沙田大围（香港沙田最大的围村），不同的是，它仅有的两条大街上全是商店，但它的码头虽无海运大厦，却令我大开眼界！我虽然常常坐船，但从没体验过四艘巨轮头尾相连泊在码头两边的那种震撼感。要知道，这四艘船分别是Golden Princess、Carnival Legend、Disney Magic和Explorer of the Seas，总吨位达45万吨！在码头上走，像走在两旁大厦林立的窄街上，每艘船的长度（大约900英尺以上）。作为船迷，我对这奇景的兴趣远超进城免税购物。码头的长度，大概相当于三座香港的海运大厦。

城里的店卖的都是钻石、珠宝、相机、烟酒和纪念品，让人一下子回到弥敦道。绝大多数店主都是印度人，店的档次都差不多。不用说，逛了半天我空手而归。次日到的圣托马斯岛也卖这些东西，不过店的档次高得多，还有卡地亚的专卖店。

圣托马斯岛是美属维尔京群岛的一个岛，所以很多美国人涌来免税购物，首府Charlotte Amalie（夏洛特·阿马里）也要比菲利普斯堡更具规模，但怎么说也只是一个村而已。至于价钱是否划算，我没有深究，因为店主是精明的印度人，我自问精打细算也自知不敌！但对纽约人来说，也许货物是便宜的。那天纽约的

Complete Guide to Cruising   159

180

　　天气是零下7度，这里是29度，像香港的初夏，热得我赶紧回船上享受冷气和下午茶。最重要的是总算看过加勒比海名港了。很多乘客的消遣竟然是在海滩晒太阳！其实在船上已晒了三天。

　　回程时航海一天，次日抵达巴哈马群岛上Princess Cruises的私家岛Princess Cays（公主岛），乘客可以下船享受海滩和水上运动、潜水、玩风帆、甚至玩快艇。沙滩上的活动也有各种球类，到处演奏着加勒比音乐，度假气氛十足。这个私家岛规模不小，已开发的部分海滩比香港的浅水湾加南湾还长。天天在船上吃，这回在岛上享用烧烤午餐也是一乐。

我对这次旅程很满意，正像预期，我尽情享受了邮轮的设施。加勒比海是邮轮客必游之地，但因其卖点是香港也有的阳光、海滩和免税珠宝，我"姗姗来迟"，但终于来了，觉得不枉此行。我现在考虑以后去西加勒比海走一次，尽管觉得那没什么好看的。

旅游锦囊

1. 到迈阿密可以经美国西岸或经欧洲，路程和票价都差不多。到了迈阿密或劳德代尔堡，可坐Super Shuttle（超级穿梭客运公司）的小巴到酒店或码头（26美元）。坐小巴已经很贵了，但如果搭出租车，可能会相当于大减价后的船费！

2. 劳德代尔堡的最佳住宿选择是Hyatt Regency，在码头的对面，有度假包办安排。

3. Princess Cruises逢周六、周日都有10万吨级的巨轮分别开往东西线，均为期一周。其他邮轮公司也有类似的航程。

游阿拉斯加的六星级旅程

美国一本畅销的邮轮年鉴，对阿拉斯加之行有这样的意见："坐邮轮最好先游别的地方，最后才到阿拉斯加，否则往后旅程都会是反高潮的。"

这话我基本上同意，只是我想香港人不一定同意：他们坐邮轮一定要购物，于是他们到地中海去。

阿拉斯加没有LV店。阿拉斯加卖得最多的东西可能要首推T恤，其次恐怕还是T恤！阿拉斯加生活程度高于美国本土，T恤也要比其他地方贵。而无论这些T恤是什么牌子、什么设计，多半都会含蓄地在一角标着"Made in China"。

我喜欢阿拉斯加，这次到阿拉斯加已是第三次了，会不会太多了？绝不！这次再游阿拉斯加，我有两个原因。

第一，我这次选坐的是Silversea Cruises的Silver Shadow，一艘"真正"的六星船（上两次我坐的是Crystal Harmony和Ocean Princess）。

第二，这次行程并非完全一样，我们到Tracy Arm（崔西湾）和Sawyer Glacier（索亚冰川），不经过我去过两次的Glacier Bay（冰川湾），而这次行程里的Sitka（锡特卡）和Wrangell（兰格尔山脉）我以前没到过。

我认为这次旅程最合我的心意。游阿拉斯加的最高享受，还是"应坐"六星级的小船。

为什么我有这样的结论？

第一，阿拉斯加的邮轮游不是地中海式所谓的Port Intensive

（海港主导型），天天到一个热闹港口。我认为在炎夏，那简直是疲于奔命。到阿拉斯加享受悠闲的乐趣，邮轮的设备、服务和饮食就显得尤为重要。

第二，只有较小的船才可以进入一些港口，在比较靠近岸边的地方行驶，让邮轮客欣赏风景。通常，邮轮旅程中，窗外风光只是一片汪洋，但阿拉斯加是少数沿途有风景可看的旅程。

这次我第一次游Sawyer Glacier，邮轮驶进狭窄的Tracy Arm，30英里长的水道令我叹为观止。

9天的航程，在Silver Shadow上，我享用着比Crystal

Cruises或Princess Cruises邮轮的客房约大两倍的"普通"露台客房。浴室的浴缸和淋浴间是分开的,像酒店不像船,用的是Bulgari(宝格丽)的护肤品。walk-in的衣橱间供应的用具包括望远镜和雨伞。房里酒水齐全,是免费的,新鲜水果天天补给……

游阿拉斯加"应当"坐Silversea Cruises的六星级小船。在这些船上,你可以享受到一顿真正高水准的下午茶。

不是所有四星船上的下午茶都有水准。尽管我也喜欢四星船,但我从来不喝其下午茶。在Silver Shadow上,下午茶除了"白桌布、银器、骨瓷、白手套的服务"外,这里还有新鲜出炉的scone,佐以瓶装高级果酱和Devon Whipped Cream(德文生奶油)。每天有小提琴和钢琴的二重奏,玩Palm Court(棕榈阁)式的音乐,奏小步舞曲或爵士调子,我想起莫泊桑的短篇小说Minuet(《小步舞》),觉得自己像回到了泰坦尼克号的时代,亦即邮轮的Bygone Golden Age(昔日的黄金时代)。

最难得的是,小提琴手一面拉奏,一面和着音乐的节奏做出不同的笑容。服务员永远面带笑容。工作人员快乐,客人也快乐!

我想,这样才是下午茶,喝茶不是一日三餐喂饱肚子之需,像在四星船般到canteen（餐厅）吃自助的廉价蛋糕，大可免了。

这里的下午茶，肯定比半岛的游客下午茶高级。半岛的侍应不带白手套，人人没有笑容，只是照章办事。"白手套"服务也式微了，一如晚礼服。邮轮上的华服之夜，晚礼服已可用dark suit（深蓝色西装）代替。四星船的华服之夜，我不穿tuxedo（燕尾服），因为总觉得环境不对。在Silver Shadow上，我乐于准备礼服和漆皮鞋，而且夸张地配上老友迈尔夫人赠送的Leonard（列奥纳多）大花领花！我也乐于欣赏女士们花枝招展的晚装（尽管六星船的缺点是女客"偏老"，优点则是我也是相对年轻的人）。

在Silver Shadow上的吃才是真正的乐事。船上的Le Champagne餐厅由米其林二星餐厅主理，员工在餐厅训练好，使服务一如岸上。正餐厅当然远胜过任何四星船的。

我现在以日记的简单方式，来形容一下我这次旅游的ultimate indulgence（终极爱好）。那当然不是"日常生活"，但你必须试过，才算真正地享受生活。

出发前的一天，我先到温哥华，在凯悦酒店住了一晚，养足了精神。国泰航机商务舱的早餐有酱肉粒和粥，成为我的口腹之旅的满意的开始。

出发之日，3点钟在市中

心的海运大厦check-in（办理登记手续）。码头上早有专人在门口接过行李，把乘客一个个送进船舱。晚餐时间，趁别的乘客忙于收拾行李时，我赶紧到Le Champagne订座，一口气订了三天。

餐厅很小，在法籍经理Pascal的领导下服务周到，后来得知他是前文华的Pierrot老友Philippe Bru的老友，我和他更谈得来。

Joachim Koerper的菜肴是Modern French，菜谱是Degustation Set Menu，主菜可选，我选吃了新鲜的Alaska Halibut（阿拉斯加大比目鱼），好吃得大出我的意料之外（我对西餐的鱼本不存奢望）。一顿饭自amuse bouche（开胃小菜）开始，吃了scallop（扇贝）、duck breast（鸭胸）、pan-fried foie gras d'oie（香煎鹅肝）、dessert（正餐甜点），以及咖啡与petit four（花色小蛋糕）！你相信这是不另收费的"船餐"吗（即使是五星船）？

次日全日航海，虽走太平洋，也因船较小能靠岸走，有景可观。这船28 258吨，比Silversea Cruises较旧的两艘船和Seabourn Cruises的船都要大。我认为这是最合适的吨位。晚上是华服之夜，船长酒会后，应Cruise Director之邀吃只此一顿的应酬饭，同桌是纽约的一家四口（纽约人，老太太带着护士坐船）。菜谱是鱼子酱和百吃不厌的嫩煎鹅肝（现在大多数陆上名餐厅都用鸭肝，而此船用贵得多的鹅肝、汤和新鲜龙虾）。饭后听了上海钢琴家Tin Jiang的演出（他曾与香港管弦乐团合作过协奏曲）。

明天进入美国海域，时钟拨慢一小时。

第3天邮轮整天航海，早上游了Misty Fjord（雾峡湾）。这也是10万吨的船进不了的海域，精彩在于风景优美的峡湾那种无比的宁静，这里完全看不到别的船。船在峡湾尾的狭窄海域转弯回航，船尾仿佛触到了岸似的。午饭在Terrace Cafe（露台咖啡廊）吃自助餐，侍应生将客人带到铺了桌布的用银器和水晶餐具的单人桌子，给客人端盘。餐厅连接船尾的open terrace（露台），我选择在此用餐。晚饭再吃Le Champagne，开始有鹅肝与串烧龙虾之选，我选后者代替主菜，我得到了加大分量的串烧龙虾。这三

天所吃，太值了。

第4天清晨抵Sitka。这是阿拉斯加的故都，今天却只是个荒芜的小镇，邮轮得接驳船上岸。这里虽然只有两条街，但也有点观光的价值。晚餐在自助餐厅吃法国普罗旺斯的家常菜，有蜗牛、鸭胸、鱼汤，很地道。这个餐厅每晚做不同的菜。船上除了Le Champagne外，餐酒饮品一律免费，侍应生服务殷勤。

第5天抵Skagway（斯卡圭），我已到过两次。在阿拉斯加，这样的小镇也算大埠了。这里虽然只有一条大街，但建筑物和店铺都很有趣，尽管最重要的商品仍是T恤！今天正餐厅的晚餐是威尼斯式的意大利菜。

第6天早上抵阿拉斯加的首府Juneau。这里有点城市的规模，主要节目是去看距市中心不远的冰川，或继续买T恤。我以前看过冰川，不打算买东西，但在美好的天气下逛逛街，也是乐事。

中午开船，到4点半，船驶进Tracy Arm的入口，此旅程进入高潮！

Tracy Arm的巡航，比在Glacier Bay更引人入胜，因为它的航道狭窄，又迂回曲折，两岸群山高耸，有些山峰高达2 000英尺，气势迫人，绝对spectacular（宏伟壮观）。航道的末端是Sawyer Glacier，仿佛自天上而来。这是一条活跃的冰川，所以邮轮不能靠得太近。快到冰川的一段水路，海面上全是浮冰和小冰山，冰块上有海狮晒太阳。邮轮驶到Sawyer Glacier前，才见到好风景。这条九曲十三弯的峡湾水路有点像长江的巫峡，大多数行走阿拉斯加线的10万吨级巨轮只能望此兴叹！

第7天清晨抵Wrangell。这只是一个小乡村。航程要结束了，可喜的是全程天天阳光普照，这在阿拉斯加十分难得。早上起床，到Terrace Cafe吃open deck（露天）早餐，太惬意了。

第8天整日行船，回到加拿大，走inside passage（内线航道），时钟得拨快一小时。我觉得这一小时竟像是一大损失，因为少玩了一个小时！整天看起来无所事事，其实天天不停地吃喝，也够忙的了。今天一整天，大餐厅举办厨房自助餐，客人进入大大的厨房，自选各式食物，选好了马上会有侍应生端到你的座位上。我抵不住诱惑，吃了很多的阿拉斯加蟹爪。

晚上又是华服之夜，人人盛装去吃两小时的fine dining，又是吃鹅肝和龙虾！这样的生活一点都不闷！我仍坚持在邮轮上过我最后的岁月的最高理想。我买不起The World上的单位，那就坐Silversea Cruises的邮轮。

第9天船抵Victoria（维多利亚港），这是值得一游的城市，极漂亮，可媲美温哥华。船11点多到，半夜才开航到不远的温哥华。次日清晨泊岸，我坐当天下午的国泰班机回香港，在温哥华还有时间吃顿10天没有吃过的中餐！

游阿拉斯加最好坐Silversea Cruises的六星船，为了Tracy

Arm之游和最高程度的享受!

旅游锦囊

1.Silver Shadow排水量28 258吨,最多载客382人,受295名船员的接待,可见其服务质量。船大小正合适,不挤迫,设备也齐全。船费虽贵,但淡季时也有5折的优惠。五星船的单人附加费是150%,甚至只收125%,这也算合理了。

2.到温哥华航空交通方便,酒店如Four Seasons(四季酒店)、Vancouver Hotel(加拿大温哥华酒店)、Hyatt Regency都在市中心,Pan Pacific(泛太平洋大酒店)更在邮轮码头大厦。游阿拉斯加不必伤脑筋去安排什么。

极地之巡航：
重走哥伦布和麦哲伦的旅程

    过去的10年，我乘坐过20多艘邮轮，在三大洲进行过40次旅程，也写过迄今唯一的中文邮轮专书。可是有一条我认为最重要的"必去"的航线，我直到2006年才有机会去。几年前就想去，但迟迟未能成行，有两个原因。

    第一，这航线只在南半球的夏天（我们的冬天）开航。

    第二，从亚洲出发，路程实在太遥远。现在走过这条航线，我才觉得自己有坐邮轮的较全面的经验。

    从阿根廷的布宜诺斯艾利斯绕过"可怕"的Cape Horn，到智利的圣地亚哥之行，是任何邮轮客都应当去一次的。这正是哥伦布和麦哲伦当年走的航线。即使我坐的是现代的邮轮而不是哥伦布当年的帆船，走过这条航线也有满足感。到加勒比海去坐邮轮，觉得自己是个不折不扣的"游客"（tourist），但坐这条航线，觉得自己才是真正的"旅行者"（traveler）——我厚颜地觉得自己竟有点航海家的满足感！

我的航程为期15天，但其实从北京经香港再经新西兰到圣地亚哥，又再转机到布宜诺斯艾利斯上船，换了4次飞机再加上换机候机的时间，花了整整两天的时间。而且你必须早一天到达目的地，以免航班误点而错过。

布宜诺斯艾利斯是南美洲最繁荣的大都会，它的欧洲式的古老建筑物、巴黎一样的广阔林荫大道和不夜的生活气息，是百游不厌的。当年初游，我为之震惊，想不到南半球竟有一个和巴黎、纽约、马德里一样多姿多彩的城市。此次，尽管阿根廷货币贬值了三分之一，布宜诺斯艾利斯仍独领风骚。这个地方我应当住个3至4天，可惜此行用的时间已太多了。于是在一宿之寄后，我便在次日、一个星期天的下午登上停泊在接近市中心码头的Norwegian Crown。

Norwegian Crown的排水量34 000吨，走这条航线很适宜。如果船太大便不能走比较狭窄的水道，像QM2的2007年首次环球航程，便得错过不少最风光如画的

海道。像QM2这样大的船，从大西洋进入太平洋，这是唯一的途径。这些超大的巨轮不能通过巴拿马运河。

第1天，因为布宜诺斯艾利斯太好玩，快下午4点时我才登船，5点便开船了。其实乘客可以在中午登船享受午餐。我舟车劳累，南美时间和北京时间的时差又达12个小时，刚好日夜倒置，于是，我更头脑昏乱。我上了船安顿下来，吃过晚饭便早些休息，以便养足精神享受明天的旅程。

次日清晨7点，邮轮已停泊在乌拉圭的首都蒙得维的亚（Montevideo），这也是全程靠岸的唯一大城市。坐邮轮的一大乐趣，正是到许多你不坐邮轮就不会去的地方（这次航程后来会经过地球大陆最靠近南极的那些小镇）。早上，蒙得维的亚阴天微雨，幸亏下午转晴，而我们晚上6点才开船。码头距市中心不远，于是我大清早冒着微雨，迫不及待地上岸观光，中午回船用过午餐后再施施然上岸享受点蒙得维的亚的阳光。3月底已是南美

的初秋,在阴雨天气下也很寒冷。

邮轮泊在旧城的边缘,所以一上岸便是饶有趣味的古老街道,曲径通幽。绕行20分钟,便到了市中心最大的独立广场。蒙得维的亚是个相当老的城市,它的许多宏伟的建筑物充分表现了它昔日的光华。蒙市人口大约135万,占了乌拉圭全国人口的三分之一还多。这个城市有很多观光点,但物质水平低,我逛了半天也只是逛逛,没有购物。南美大城市存在治安问题,但市中心是

202

203

204

　　安全的，有很多"游客事务警员"在巡逻。旧城有露天市场，有很多旧货摊，可我没发现选得上手的东西。逛了一天，也懒得找地方换乌拉圭货币，竟不花分文回船。

　　第3天整日航海，以后的航程完全在阿根廷和智利两国，处在地球相当偏南的纬度上。南大西洋的风浪很大。整天航海正好用来补偿还不够的休息，以消除疲劳。在正餐厅用餐，从烟鱼柳吃到火腿蛋，吃到煎饼鲜果，从鲜果汁到一杯热腾腾的咖啡，十分惬意。现代城市人太忙了，除了在邮轮上或住大酒店，难得这样慢慢地吃早餐。当天晚上正餐厅的主题是加勒比海餐，于是，我另作选择。

晚上有5个餐厅可选。正餐厅是大酒店fine dining的格局，服务很好。意大利餐厅Cafe Pasta则有天天新鲜的粉面。这方面最好的是NCL的邮轮上的法国餐厅Le Bistro，这是唯一得另付15美元订位的餐厅，但付费后随便点菜、任吃。我一顿饭吃了法式田螺、洋葱汤、尼斯沙律、龙虾和甜品苏丝薄饼，都是道地法国菜，十分满意。吃的因素再加上船上的康乐措施，使航海的日子一点不闷。午夜不眠，还可以到casino（娱乐场）去吃夜宵，这一切都包括在船费里。

第4天早上10点抵达阿根廷的小镇，人口只有5万的Puerto Madryn（马德林港）。很多客人一上岸便参加岸上游，多半驱车两个半小时去看企鹅。以后许多地方的节目，都是去看企鹅和更多的企鹅。这样的岸上游，每位付125美元。船费折扣大，很便宜，但如果你参加很多岸上游，下船结账可就不便宜了。邮轮客退休者众，乐于花"反正带不走"的钱，可是这样一去，便错过了Puerto Madryn这个清洁整齐、风光如画的小镇了。这里也许只有沿海大道和平直相交的几条街，可是充满异国情调。我尝试和居民沟通，但这里几乎没有人说英语。我仍然做到一毛不拔，尽管口袋里有阿根廷币。我还是回船吃午餐，餐后再上岸。船上用电脑的收费是每分钟大约一美元，岸上的收费也许是每小时70美分，于是，便在岸上上网看邮件。天气好，这样漂亮的小镇可以来回逛也不厌，而且乐而不疲。

第5天又是整天航海，驶往福克兰岛。海面风大浪高，虽然走路也要扶着栏杆，可是更增"这才像航海"的感觉，觉得自己更像麦哲伦了。下午的节目是参观（而不是参加）名画拍卖，现场奉送香槟。展品中有

毕加索和夏加尔的版画，估值约一万美元。船费合理，但船上有许多花钱的地方。

是日是主餐gala dinner（盛宴）之日，主菜可以选择吃龙虾。午餐则吃自助，虽然没有在北京大酒店吃得丰富，却想不到竟有昂贵的新鲜巨蟹蟹爪大量供应。这十年来我持续目睹cruise cuisine（邮轮美食）的水准日降，可NCL还是胜过Princess Cruises和RCI。上文提过，我选NCL是因为其freestyle dining：可以选择在任何时间和任何餐厅吃，不用按时入席。

又是一夜风浪后，第6天早上8时抵福克兰岛的首府斯坦利港，比预计时间早到了两小时（邮轮的常事，早到多于迟到）。这个只有大约1 500名居民的英国远洋殖民地，要不是在第一次世界大战后成名，邮轮也许不会来，因为没啥看的。港口没有正式的码头，于是我们乘坐驳船登岸。斯坦利港是个长条形布局的港口，虽然没什么，也有小小的海滨公园和几间商店，特色是再次听到英语对白，可用英镑、欧元、美元，以及东西特别昂贵。岛上有一部伦敦双层巴士来回穿梭，电话亭也是伦敦模样。四顾远眺，风景也天然不加修饰，是城市人不容易看到的景色。本来听说福岛上见羊不见人，可是在斯坦利港却是见人不见羊。下午4时开船，晚上风浪很大。这条航线除了在内海航行外，几乎天天大浪，但这是预料中的事，对喜欢舒适的加勒比海阳光客，这恐怕不是你要去的旅程。

  第7天整天航海，邮轮绕过Cape Horn，也是传统的从大西洋进入太平洋的航程。这里因风浪大而且怪石嶙峋、导航困难而恶名昭彰，昔日的航海者称之为Cape Horn the Terrible。从下午开始，邮轮一直在汹涌的波涛中前进。大约5时半船抵Cape Horn附近。邮轮在船尾举行传统的Cape Horn Celebration，也就是用Cape Horn的海水给志愿参加者淋头。在时速达55海里挟着冰雹的强风吹袭下，人人在不停摇晃的甲板上排队接受海水的洗礼。船员特备大浴巾给客人用，有些客人"全副武装"接受洗礼，也有两名"勇士"穿上泳衣，跳进泳池游一会儿后才受洗。1615年，荷兰航海家Captain Schouten首次征服Cape Horn，他坐的是帆船而非邮轮，但直到今天，能征服这条水道仍是一项航海的成就。永远的强烈西风加上急流巨浪是Cape Horn的标志。1914年冬天，Edward Sewall用了67天通过这条水道从大西洋进入太平洋，成为航海史上的佳话。我们虽然只花一天，坐的又是现代的邮轮，但通过Cape Horn也有兴奋的感觉！我们在6点半驶过Cape

Complete Guide to Cruising ◀ 179

Horn，半夜邮轮进入内海，终于得到一夜安宁。

第8天邮轮抵达地球上最南方的城镇，自称为end of the world的阿根廷小城Ushuaia（乌斯怀亚）。预计抵达时间应是早上7点，但我注意到邮轮在半夜两点已停泊在码头旁。人口5万的Ushuaia除了是有人居住的最接近南极的地方，也是风光极有特色的小镇。此镇依山而筑，主要街道建在山坡上。可惜那天是星期天，少了点人气。Ushuaia虽然经常天气恶劣，却仍是旅游重镇。此地位于Beagle Channel（比格尔海峡）西北角，一片天然美景，附近有许多冰川。我从清早起在小镇里来回逛了3个小时而不厌。邮轮下午1时开船，驶入Beagle Channel。这是此行难得风平浪静的一程，因为水道实际是在内海，沿途经过一条一条的冰川。整整一个下午，大家都到甲板上观赏美景。

第9天早上6点，到了智利的Punta Arenas（蓬塔阿雷纳斯）。智利和阿根廷有一小时的时差。此地人口12万，是智利最南边的城市，它也自称是世上最南面的都市（而小得多的更南的Ushuaia是最南的城镇）。Punta Arenas是麦哲伦海峡上最重要的城市，有悠久的历史，市中心有不少漂亮的19世纪末的建筑物，巴拿马运河开航前它曾是极重要的越洋必经的港口，它的历史也是南半球的航运历史。此地是南极洲之旅的主要起点。船上的岸上游，包括乘直升机降落南极洲。尽管这个节目有吸引力，着陆南极洲的人数至今也不过10多万，我结果还是决定不参加，放弃可以自夸曾往南极探险的机会，唯一原因是收费竟达每位1 998美元！

不知什么原因，Punta Arenas竟有一个大规模的免税购物区，距市中心大约15分钟的车程。这里像美国的郊外购物区，区内有好几间shopping mall（大型购物中心）。之前一个星期除了在

岸上上网外，我没有机会花钱，到了第一个有城市规模的地方，忍不住要过过购物的瘾。这里有不易买到的羊驼（alpaca）产品（羊驼毛产于南美），骆马（vicuna）毛织品也有，但贵得买不起。

邮轮码头在市中心，再加上这个城市的吸引力，我清早上岸，回船用过午饭后下午再出去。邮轮晚上6时半开航，我期待明天在麦哲伦海峡的整日巡航。尽管明知此时此地大风大浪是免不了的，我带着自认的航海者的心情，期待看无可比拟的风景。晚餐主餐厅的主题是法国大餐，我点了法国田螺，以橙味烙鸭子为主菜，吃得很满意。

第10天走麦哲伦航线。尽管船长"答应"了风浪应当不大，可是仍然波涛汹涌，早上6时已给摇晃得醒来，但见海浪盖过我在六楼舱房的窗。8点半抵达风景最好的一段水道。风浪虽略降,但站在甲板上拍照,仍得一手持相机,一手扶着栏杆操作。此时甚至雨雪交降,大风挟着冰雹吹到脸上,绝对不好受,但大家仍然聚集在甲板上,就是因为风景太好了。

在水道上,我看到一艘现代船舶的残骸,斜斜地插在岸边的石层附近,成为永远的展出品。整日的巡航都有风景可看,因为海峡水道比较窄,船的航线离岸不远。中午时船长在他的每天例常讲话中,说他会在原定航线之外特别驶近一条冰川,让我们观赏。下午4点半到了El Brujo冰川,在那里停留了40分钟。如果坐的是15万吨的QM2,你大概看不到今天全程风景的高潮。看冰川倒是阿拉斯加邮轮游的例常节目。智利南部有南美的阿拉斯加之称,但它不但有阿拉斯加的冰川,还有阿拉斯加没有的风景,岸上城镇的拉丁美洲风情,比阿拉斯加的美国小镇有趣。这些城镇没有大量的游客,不像阿拉斯加般到处都是卖T恤的店。最重要的是,到此一游,我重温了航海的历史。风浪是这条航线的缺点,游阿拉斯加则舒服得多,但风浪却又增加了历险气氛,游后令人更回味无穷。

第11天仍是整日巡航,驶往Puerto Chacabuco(查卡布考港)。邮轮经过Patagonia Channel(巴塔哥尼亚海峡)进入太平洋。当年哥伦布发现新大陆,挨足风浪进入这一海面。此地风平浪静,他便把这个世界最大的水域命名为"太平洋"。但我想哥伦布运气很好,也许因为是秋风季节,我看到的太平洋绝不"太平",而且邮轮回到汪洋中时,也没有风景可观赏。Patagonia Channel附近是智利安第斯山脉群山起伏的地方,却也因航线距岸远看不到什么。下午邮轮上举办了NCL的招牌节目巧克力自助餐

（Chocolate Buffet）。大餐厅6至7米长桌子上，陈列的全是巧克力食品，林林总总。我不大吃巧克力，不去凑热闹。这天我很惆怅，因为巧克力不能取代风景，而且航程快要结束了。可是坐了好几天船，天天忙着上岸和拍照，也应当休息一下了。

第12天的早上7时，到达Puerto Chacabuco。船上岸上游的宣传说这地方"什么都没有"，建议我们到国家公园欣赏湖光山色。果然，它只有一间供到南极的旅客休息的酒店和两间日用品小店。此地人口和邻近的Puerto Aysen（艾森港）的人口加起来才两万，且多半住在Puerto Aysen。但"什么都没有"对城市人反而有吸引力，我们难得回到大自然。邮轮下午2点便离开了。

第13天早上8点抵达有12万人口的Puerto Montt（蒙特港），这是智利湖泊区里的一个中心市镇。不过，这是一个working city，不是旅游区。这里近年人口激增，就是因为它成了智利三文鱼企业的生产中心。这是一个旧城市，购物比Punta Arenas便宜得多。邻近的Puerto Varas（巴拉斯港）则是新建的卫星城市，有美丽的湖光山色，还有一个赌场。

邮轮下午5点起程，晚上是farewell dinner（告别晚宴）。表演节目过后，是NCL的另一常规节目，船上各部门员工的大规模谢幕礼，船长也参加，而管房和餐厅的员工谢幕鞠躬后急忙回去工作。船上的工作很紧张，他们每日长时间工作，不休假，一段日子后便一口气放两个月假，来回机票由公司负责。菲律宾船员占大多数，他们说通常会坐国泰航班，可以经过香港去购物。

第14天整日航海。次日清晨抵达圣地亚哥的外港Valparaiso。我在此住了一晚，智利的首都值得一游。上次到此，我住在市中心，但圣地亚哥的高级市区却是不在市中心的Providencia和Las

Condes。这次我住在Las Condes的Grand Hyatt，趁机看看这个新的现代化市区，也享受一下豪华的客房。在没有海浪的环境下，舒适地睡一觉才赴归程。这是明智的决定，经此一游，我才算是看遍圣地亚哥全市了。

旅游锦囊

1. 关于Cape Horn航线及Norwegian Crown：

Cape Horn航线只在南美的夏天和初秋开航，这条航线不但有光辉的航海历史，还可以看到独特的景色。除了冰川和峡湾外，沿途经过的港口都有独特的情调，值得观光。不过，虽有无可比拟的景色可看，但此航线不适合容易晕浪的人。晕浪丸是有效且没什么副作用的药品，可是在这里也怕没功效。如果怕风浪，建议在1月前后（南美的盛夏）来游，那时水暖，相信风浪也会比较轻。笔者选择3月底乘坐本季节的最后一程，是因为喜欢秋天的清凉天气（而我自知不怕浪）。

Norwegian Crown的吨位，正适宜走这条航线。船不太大才能走较浅的水道，靠近看风景。船是较旧的前Royal Cruise Lines的五星船，但装潢良好，并有较大及更舒适的舱房，浴室甚至有四星级船一般客房没有的浴缸。但由于船较小，表演节目比较简单。

NCL的Freestyle Cruising深受我的欢迎。这艘船虽不大，但仍有五间餐厅可选。餐厅服务的水准胜过我坐过的Princess Cruises的邮轮。

2. 机票及其他安排的重要窍门：

南美万里迢迢，机票安排不易，也许最费思量的就是怎样安排机票和酒店，所以在此得详加解说。不妥善安排的话，可能机票比船费还要贵。

有时国内有从北京出发的最划算的机票，是国泰航空与智利航空公司联营的特价航线，连税不足人民币13 000元。国泰航空一再被选为全球最佳航空公司,服务甚佳,可惜智利航空乏善足陈,圣地亚哥机场的员工甚至不大说英语。从香港出发,一般在洛杉矶转机,坐法航经巴黎也可以。到了这样远的异国,我们不能苛求了。智利是南美最安全的国家,但一切还是要比较小心。

因路程太远,单是坐在飞机上的时间也要23至28个小时(我这次去程及回程用的时间),再加上转机在机场候机的时间(近20个小时)。但对我来说转机更好:如果你签证,可以顺道游香港和奥克兰。机票会打叉,表示不允许停留,但航空公司不能禁止你出去。

特价机票不容许open-jaw(开口行程),所以机票只能是以圣地亚哥为终站的来回票,另需购买一张圣地亚哥到布宜诺斯艾利斯的单程票。此票在国内购买没有特价,要2 000多港元。在网上购买法航或加航的"第五航权"机票只花大约1 500港元。但在这种情况下最好还是拿飞行里数去换免费票,可用Flying Blue换法航,用Mileage Plus换加航,或Asia Mile换智利航。我换了一张法航的机票,只用了15 000分。

我认为必须最低限度要早一天到达出发地,以免因航班误点而坐不上船。要不是如此,笔者可能已错过邮轮的开航了。我的法航班机便给取消了,给安排转坐智利航空的晚上班机,接近半夜才到布宜诺斯艾利斯。

酒店方面,在布宜诺斯艾利斯,我选住市中心的Sheraton Liberator,只是旧酒店,平常的设备。在圣地亚哥,我住Grand Hyatt,是一流的酒店,值得推荐。

航程结束的大清早在Valparaiso登岸后,应有到机场的舒适大巴,车票只是4美元。但拿着行李,人地生疏,语言不通,这样做有很大的困难。船公司有机场客运的安排,虽然收费是50美元,但会把你送往Sheraton Santiago的一间Hospitality Room休息,在那里可以寄存手提行李,托运行李则会直接运往机场,在那里领取。晚上6点有专车把你从酒店送往机场,十分适合飞亚洲的晚上班机的乘客。

夏威夷的一周巡航

那一次，从加勒比海回到香港，四天后我又乘坐NCL的邮轮作环绕夏威夷群岛的一周之旅。游夏威夷必然选NCL的邮轮，因为NCL是这个市场的领袖（正如Princess Cruises在阿拉斯加），在这个市场里该公司的船最多、最大、最新。我此行坐的Norwegian Star，排水量达91 000吨，是设备先进的巨轮。

这是另一次阳光与海滩之旅，尽管我不会游泳，也怕热和怕晒（而船上的洋人则天天在甲板上晒太阳）。但这一周的旅程，总算走遍夏威夷群岛（Hawaii Island）的四大主要岛屿，其中在大岛（Big Island）的Hiro，如果你肯花5小时和100多美元，那么Volcanoes National Park（火山国家公园）之行肯定令你难忘！你会看到夏威夷的壮观景色——一个很大的活火山。笔者以前游过，记忆犹新，大力推荐。这个excursion把夏威夷邮轮之旅的可观性提升到纯购物的加勒比海之上。

但我已说过，我坐船永远是为了坐船而坐船，目标明确。这次选坐Norwegian Star，已确保了这次旅程能得到意料中的享受。

我虽坐过很多船，但一上此船，我也觉得眼前一亮。它的装潢和大多数船不相同，船上Pop Art（波普艺术）式的装潢五彩缤纷，令人觉得不像普通船。NCL是Star Cruises的全资附属公司，深受Star Cruises的影响。这艘船还有点似曾相识之感，那是因为它原本是Star Cruises订购的。因为美国客多，NCL生意太好，当年Star Cruises订了两艘比SuperStar Leo和SuperStar Virgo更大的船，都一律拨归NCL。其中之一就是这艘Norwegian Star。

船比SuperStar Virgo大，但却没有SuperStar Virgo的大泳池和场面宏大的大堂。这艘船有三个泳池，大堂楼上的空间则被尽量利用，包括一个叫Endless Summer（无尽的夏天）的大餐厅，是这艘船一共11个吃的去处的其中之一：这个餐厅和两个主餐厅大得像酒楼，不怕订不到位，而自助餐厅的食物供应线长达400英尺！我更喜欢24小时营业的蓝湖，可以去即炒一碗星洲炒饭当消夜。和Star Cruises的蓝湖不同，这里是免费的。有了这个餐厅，不用吃午夜自助餐，更有弹性。比如，早上我可以在此叫碗云吞汤配肉丝炒面，代替吃腻的洋早餐。但7天之旅有11间餐厅可选，也够费思量的了！除了法国、日本和一间Pacific Rim（环太平洋地区）菜的餐厅外，大多数餐厅免费。吃法国餐只要付15美元的cover charge。所以，笔者认为坐邮轮其实是消费最划算的旅游方

214

式,因为船费已全包一切。当然也包括每天不只一场的演出。

　　Norwegian Star上的大表演,由Jean Ann Ryan戏班包办。场面大,特技效果多,舞蹈员多的是帅哥美女。我坐船不一定看表演,因为很多船的表演实在粗糙和老套(只迎合美国人)。有些高级船的表演只是外国人逗笑,但NCL充满动力、不会冷场的表演我却一场都不错过。

　　在这次旅程中,我看最后一场表演时,看到让人感动的谢幕,从各部门小工到船长,散场时几百人穿着制服上台谢幕,在欢乐与掌声中完成一周之旅。这样的感人场景,令人乐于将来重温。

　　Norwegian Star还有两个别的船没有的特点。第一,它的上网设备。你可以用自己的电脑在房里无线上网(预购100小时55美元),也可以去船上特大的Internet Cafe(网吧)上网。第二,它的免税商店简直是百货公司的规模。于是,你有很多消费的机

215

　　会。这样做绝对无可厚非，因为邮轮折扣后的收费往往很便宜。我有时也觉得自己有进一步消费的义务，怕其赔本而我们没船坐！尽管在美国每艘船都客满，航次有2 270人之多，但年年都有邮轮公司关门大吉，包括曾经甚获好评的Renaissance也已倒闭，就是因为船费太便宜！

　　这个夏威夷之旅的行程，星期天晚上从檀香山出发，下个星期天清晨回来，全程靠岸4次。到的地方，包括除了檀香山所在的Oahu（瓦胡岛）外，也游Big Island和群岛中的另外两个大岛——Maui（毛伊岛）和Kauai（考爱岛）。邮轮来回近80个小时的航海时间，到赤道边缘的一个叫做Kiribati（基里巴斯）共和国的属土Fanning Island（范宁岛）去几小时。这个地方什么都没有，只有一个海滩。不过，船到时船上的工作人员会搬运很多东西上岸，把这地方改成一个大型度假村：酒吧、烧烤自助餐、沙

滩设备、水上活动设施，甚至沙滩专用的轮椅（现在很多不便于行走的人也坐邮轮，因为他们会得到特别照应）。船离去后，一切又恢复平静。

在岛上，侍应生穿上礼服，下半身泡在水里侍酒，于是，人人和他拍照，船上摄影师生意兴隆。

原来美国有一条不合时宜的法例，规定凡是不是美国建造、又是外国注册的邮轮，7天航程里必须离开美国到外面一次。这条法律给Kiribati带来了意外收入。现在已取消了美国造的船的规定（因为美国已不是造船国家，现在的造船国家大概只剩下法、德、意、日和芬兰，比如SuperStar Leo和SuperStar Virgo是德国船，QM2是法国船）。为了所谓"方便之旗"（Flags of Convenience）的税收，Norwegian Star挂的是巴哈马旗，所以算是外国船。但后来NCL成立了叫NCL America的附属公司，并把Norwegian Sky拨归新公司，改装及易名为Pride of Aloha，

代替Norwegian Star常驻夏威夷。NCL America的船一律在美国注册，于是不再有到Kiribati的需要。因为节省了几乎4天航程，新的航程会天天到埠，也有较短的安排，适合香港人。Pride of Aloha的行程应比本文记述的航程更好玩。

　　船到Hiro，除了"必去"的火山之行外，这城市没看头。旧市中心破落得很，看了使人觉得原来美国也可以是个穷国家。

　　第二站是Fanning Island，从这里的海滩回程到Maui得航海46个小时，回到美国水域又得在船上见移民官。船一进入美国领海，立即乘机在泳池畔的甲板举行sail-in（入港）烧烤大派对。总之，船公司不停在营造热闹气氛。

　　Maui岛的Kahului（卡胡卢伊）城和次日最后一站——Kauai岛的Nawiliwili（纳威利威利）都有不错的陆上观光点，有火山和瀑布可看。夏威夷没什么好买的，但有人文景观。反正我的目的是坐船，岸上游不重要（这里到底不是地中海）。如果你更注重热闹好玩和饮食的多元化，你到夏威夷的首选应是NCL的邮轮。不过，夏威夷和加勒比海都只是阳光之旅，不是游埠之旅。

旅游锦囊

1. 往檀香山的航班需从东京或大阪转机，约需11个小时。笔者乘日航去程经大阪、回程经东京，票价约5 500港元，也可乘国泰转美航。

2. NCL是走夏威夷线最重要的操作者，每周有船开出，有长短航程。NCL America的成立，对NCL之于夏威夷的优势更有帮助。

218

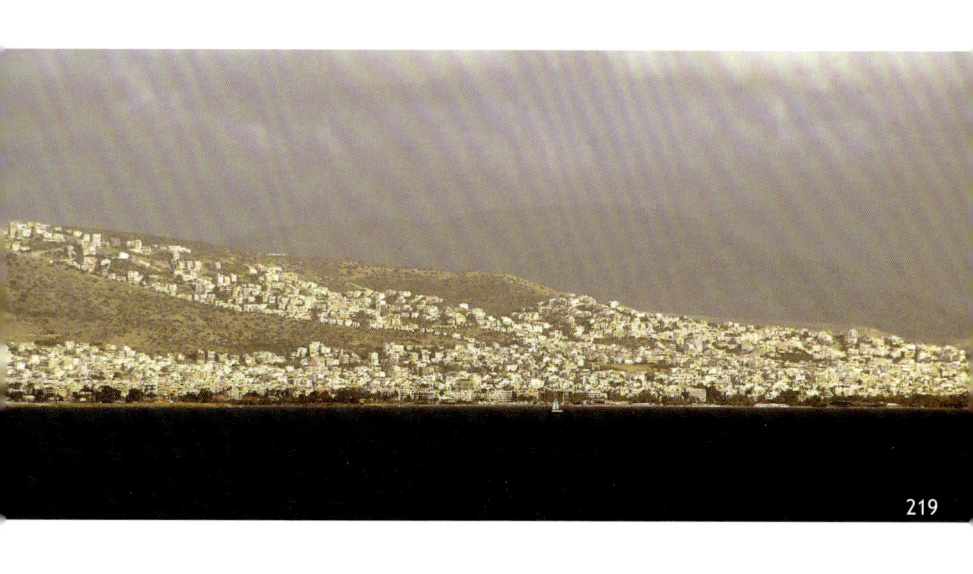

希腊群岛的欧陆情调巡航

如果说加勒比海的阳光与海滩只宜美国的打工一族，阿拉斯加的天然美景也只是造物之工，都欠缺了一些隽永的人文景观。难怪多数中国邮轮客都到欧洲去坐邮轮。

对我们很多人来说，坐邮轮也是旅行，要看世界，而欧洲的城市有历史，有地方特色。希腊名岛桑托林就是人造之岛，人们把数不尽的精致平房一层一层地堆砌在山腰上，其视觉的震撼效果实不逊于阿拉斯加冰川的鬼斧神工。人造的神奇，令我们看了更有亲切感。

欧洲的夏天，有许多精彩无比的邮轮航线，像北欧波罗的海之旅、北极圈之旅、黑海之旅、西地中海之旅，但也许最受欢迎的航线始终是东地中海希腊群岛（Greek Islands）和土耳其爱琴

海海岸的旅程。而Santorini和Mykonos（米科诺斯岛）正是在这条航线中，以其美景名扬世界，尽管这两个地方只不过是希腊的村镇！

我曾三度走过这条"东地中海"航线，坐的船先后是QE2、Royal Viking Sun和Costa Victoria。我今天想谈的是当年乘坐Costa Victoria的旅程。

谈此船，而不谈我坐过的另外两艘更著名也更高档的五星船，主要是因为Costa Cruises是意大利邮轮公司，乘坐Costa Cruises的船，有美国船或美国客充斥的船所没有的"欧陆气氛"。Costa Cruises在欧洲航线的乘客，主要是欧洲人。

有人批评Costa Cruises的船不好，船上广播太多，吵得很。Costa Cruises的船的公共地方的确比较吵闹，因为欧洲人比美国人更喜欢玩。船上的广播依次用6种语言，英文排在第4（乘客多少

决定了先后的次序)。没有人会喜欢简单的一句话说五六次,但没法子——这种情况显示出Costa Cruises的乘客国籍分布广泛。我听惯了,觉得无所谓。

那年,我乘的是Costa Cruises排水量75 000吨的巨轮Costa Victoria,从热那亚出发,东行到希腊群岛进行一周之旅。我最近在网上得知,短短几年,Costa Cruises竟有6艘船派往地中海,好不热闹。以前东行线的出发点主要是在地中海中心点的热那亚,现在变成从威尼斯出发了。走威尼斯,大概因为新航线加入了克罗地亚的著名海港古城Dubrovnik(杜布罗夫尼克)。

那年我从热那亚上船,七晚八天的行程,几乎每天到访一个海港,所到的地方都是远比加勒比海和阿拉斯加有看头的城镇。这是port intensive(海港主导型)的一周,使我下船时颇有未尽量享用邮轮的感觉。

222

　　一登船，但见热闹无比。邮轮从热那亚开出的一刻，便是一星期连续节目的开始，船上简直像嘉年华会。Princess Cruises的邮轮和其他五星船绝对没有这样的狂热气氛。很多人一上船便以优惠价买下一篮子的免税酒，以备天天晚餐饮用。船上到处都是酒吧，到处都是音乐。我到甲板上的泳池旁边，看到池里的泳客都弃泳从舞，站在泳池里，随音乐摇摆着。欧洲客也许更喜欢玩？当然，这船上的客人要比别的船的客人年轻，大都是30多岁的邮轮客。邮轮客来自不同的国家，船上因此聘了各国的hostess（职业伴舞），很是周到。船上的表演也特别"放"，似乎大家都拼了，要玩个痛快。

　　Costa Cruises的饮食很合我意。意大利船吃的是意大利餐，当然要比吃美式西餐好多了。船上很多服务员都不是最常见的菲律宾人、中国人、P&O船的印度人、Holland America邮轮上的印度尼西亚人和五星船较多的北欧人，他们不少来自南美。我的餐

桌侍应便是个华裔智利人。

　　这艘船的晚餐采取编位入席制，我能独享自拥一桌之乐，恐怕是因为我有"关系"，这待遇在四星大船可不能作准。这种清静，使我的旅途愉快得多。而且这船的餐饮，大概是非五星船中最合我口味的。餐饮是邮轮重要的一环，我对此要求特别严格（所以我在北京和成都开了餐厅），可我对Costa Cruises的意大利餐是满意的。

　　这次航程好不热闹！天天都到一个有特色的城镇。这个地区值得去的地方太多了，无论到哪里都不会令人失望。比如，起航次日的早上，我们便到了那不勒斯！西谚言"See Naples and die"（看过那不勒斯，死都瞑目了）。那不勒斯有美丽的海湾，邮轮也正好停泊在市中心。船到了之后，不少人大清早就参加岸上游，乘驳船到Capri（卡普里岛）和Sorrento（索伦托）。下午邮轮南航，在Sorrento海岸停下来，接回早上岸上游的客人。这是

224

非常好的安排。

　　虽已到过那不勒斯几次，我仍乐于旧地重游。在这个意大利典型大城市，可以吃到好东西，买到好东西。我们中国人喜欢选经过大城市的邮轮航线，不是没道理的。在加勒比海和阿拉斯加，我宁愿早点回船，在地中海，我选择"疲于奔命"！

　　那不勒斯的特色是它的生活感，它是意大利真正的平民城市。它没有罗马作为古都、威尼斯和佛罗伦萨作为名胜的压力，一切以本来面目示人。

　　第3天的下午，我们便到了希腊群岛的Katakolon（卡塔科隆）。这是一个风景优美的宁静海港小镇。来到这里，很多人都参加岸上游，到附近的奥运会发源地Olympia（奥林匹亚）去参观。我也去了，但说实话，事后我觉得留在海港欣赏风景、看民生自得其乐会比远道去参观一堆废墟更好玩。可是来到了奥林匹克的大门，怎能不去看看？这也许也是一种压力。

225

  第4天的节目,一天里竟包揽了希腊群岛的两大"精华":我们早上到Santorini,下午到Mykonos。这两个最著名的旅游胜地,只不过相隔3小时的船程。

  这两个地方的风景都是独一无二的!我虽已是第二次来,初访时的兴奋感竟丝毫未减。如果你喜欢摄影,世上没有更上镜的地方了!我们的船寄碇桑托林,用驳船登岸。船泊的海湾三面环山,建在其中一边的山峰上的正是这个世界著名的山城——Santorini。500多年前,此地火山爆发,原岛大都沉没了,只有原岛的高峰仍然矗立海中。桑托林的首府叫做Thira(锡拉),就在正对海湾的高山之顶。

  一排一排的蓝色屋檐、墙上刷得粉白的房子像叠砌在山顶上,高低不一。驳船泊岸后,你可以有三种登高的方法:坐吊车、骑驴子、徒步。

  上到山顶,发现上面地方开阔,还有汽车行走。在Thira高高

226

低低的蜿蜒小路上逛，是一大乐事。看建筑物——远眺海湾，近看高低排列的房屋，还有购物，都很有趣。可惜的是时间不够用，这个行程排得太紧了。幸亏我已来过，而且肯定会再来。

回船用过午餐后，下午到了另一名胜Mykonos。在这里，海滩的背景是山坡上的四个大风车，这已成为希腊一看可辨的标志。

海滨都是酒吧和露天咖啡座。走到海滩后面，发现别有洞天，曲径通幽，这里的布局像个迷宫。据说这一布局的作用，是要令海盗迷途。我在临海的咖啡座享受了一杯咖啡，故意让拍岸惊涛的水花溅到近身，以令自己在希腊岛的体验更加难忘。

第5天到了Rhodes（罗得岛），一个颇具规模的历史名城。这是一个可以逛很久的地方，算是颇有规模的城市。可惜游客太多，旅游味太重。

第6天到的是风光如画的渔港Gitrion，虽是小小的村庄，也有看头，比加勒比海的游客店有趣多了。希腊群岛的小镇都是有"性格"的，它们的"性格"源于历史和文化。希腊毕竟是西方文化的摇篮，一间平常的旧房子都有其可观之处。

这是一个多姿多彩的旅程。美中不足的是，在短短一周中，要看的东西太多，走马看花，人也疲劳。而且，旺季的希腊群岛游客太多，天气也太热。也许5月和10月，也就是季初和季末，才是最好的季节。

旅游锦囊

地中海东线的航线太多了，多半从意大利的热那亚或威尼斯出发。邮轮客无论对旅途、邮轮和出发点都有很多选择，一切安排都相对容易。无论如何，希腊群岛是邮轮客必游之地，而且你肯定不会只来一次。海港的趣味，非加勒比海或夏威夷可比！

马耳他的地中海阳光之旅

地中海，灿烂的阳光，美丽的海滩。地中海是属于夏季的！

这是我对地中海的基本印象。每年一到夏天，地中海海岸的旅游点都挤满游客。我曾旅居欧洲10年，每个夏季，我都找个地中海的海边城市来享受阳光，更重要的是享受只有地中海的夏季才有的节日气氛。

初夏的6月初，离开天气湿热可怕的香港，我到了地中海南部的马耳他共和国，一个历史悠久、历尽沧桑的欧洲小国。一出机场，马上觉得心旷神怡，艳阳下气温也只有26度，天气干爽，而且清风不绝，舒畅无比，一点儿不热。这正是地中海初夏的特色。到马耳他是为了乘坐Star Cruises的天秤星号（SuperStar Libra），进行地中海意大利海岸的一周巡航。这次航行有特别的意义：这是亚洲的邮轮公司，第一次把一艘船安排在欧洲，以马耳他为母港，把亚洲式的体贴服务引进欧洲。

到马耳他之前完全没想到这个地方如此好玩，否则早该来了。因为马耳他立国前属英国，我有点看不起它，以为它只是另一个直布罗陀或新加坡。现在终于来了，我对此地环海依山的天然美景惊叹不已：马耳他首府Valletta（瓦莱塔）海港，应是世界上最美丽的港湾之一，因为它有一座建在山上的大城堡。极目远眺依山而筑的马耳他本岛，只见许多古老建筑物一律是橙黄色的房子，错落有致。

Valletta有一座围在城墙里的古城，里面的建筑物很多可以追溯到14、15世纪。圣约翰大教堂就是1577年建成的。不少旅游区也许有同样灿烂的阳光与海滩，但是很少有地方兼有历史遗迹和古建筑。

英国人特别喜欢来马耳他。岛上的商店都挂着英文招牌，可惜马耳他镑的兑换率竟是每镑兑大约2.5欧元或25元港元（或人民币），消费很高。有钱的旅客大多数住在St. Julians（圣朱莉安斯）区的大酒店。这是个现代化的旅游中心区，但从这里到Valletta也不过20分钟车程。这次，因为坐邮轮而"发现"了马耳他，我被它深深地吸引了。我一定会重游马耳他。

邮轮在6月5日晚上11点出发，开始为期一周的意大利之旅。因为这是Star Cruises的邮轮的欧洲首航，开船时举行了热闹的甲板派对，而且岸上大放烟花。邮轮缓缓驶离Valletta城堡下的码头，前往4个著名的意大利港口。次日整天航海，正好享受船上的设施。4个多月前，我才在印度坐过这艘Superstar Libra。这是服务水准极高的邮轮，因为我是回头客，很多船员都认得我，令我

228

229

更有宾至如归的感觉。

　　这次为了适应为期4个月的欧洲之旅，船上做了不少改变。现在船上有5个不同的餐厅，也多聘了好些欧籍船员。每天晚上，除了到正餐厅Four Seasons（四季餐厅）吃西餐，还可以到供应不同菜系的大餐厅Taj by the Bay（港湾泰姬大餐厅）、供应自助餐的The Saffron（藏红花餐厅）、Two Trees（两棵树扒房）以及24小时服务的蓝湖用餐。船上表演节目的规模庞大，表演艺员超过20位。船上有泳池和设备齐全的Spa。坐这样的船，即便整天在航海，只要你是好动的，就不但不闷，反而会忙于吃吃玩玩。我喜欢坐邮轮，正是因为喜欢既可选择忙着，也可选择休息，而且在船上没有电话的干扰，太好了。

　　次日清晨6点，邮轮已停泊在Civitavecchia的码头。Civitavecchia是意大利文，是"老城市"的意思。它本身有观光的价值，但大多数人都一早坐旅游车参加岸上游去了，因为此地

是罗马的外港,进罗马只需一小时车程。不用说,罗马这样的地方,是不可以过其门而不入的。

　　船上举办的岸上游包括名胜游和自由行,我选择了后者,因为罗马的名胜大多数我都看过了。这样,清晨8点出发,晚上大约5点回船,有足够的时间进行大多数游客的活动,不用说,就是购物了。在名店街Via Condotti(孔多蒂街),我看到不少船上的面孔。罗马名胜之多,世界首屈一指,它是西方古代文明之都。我到过罗马不少于10次,可是船到罗马,我仍有不少的期待。世界上能令人百看不厌并不断期待再访的地方到底不多。罗马永远是"永恒的城市"。

　　傍晚开船,第4天的凌晨7点船抵La Spezia(拉斯佩齐亚太地区)。这里是佛罗伦萨的外港。邮轮寄碇海上,我们乘驳船登岸。乘客可以选择游佛罗伦萨或游Torre del Lago(托瑞德拉古)和比萨。佛罗伦萨和比萨,大概是你早已到过的地方。我到佛罗

232

伦萨的次数"太多"了，便选择去没去过的Torre del Lago。

首先到湖边的小镇。此地之所以成为名胜，是因为意大利歌剧作曲家普契尼（Puccini）在湖滨有一所别墅。从La Spezia到这里约一小时车程。小镇有一条直达湖边的主要街道，是布满一片浓荫的普契尼大道，两旁的街道一律以普契尼的歌剧命名。可是对普契尼一共3处故居的维修，意大利政府一毛不拔，现在仍得由普契尼的后人设立的"普契尼家园之友协会"接受有心人的捐助而维持。这间别墅里有一个小教堂，也是普契尼下葬的墓地。别墅里杂乱地陈列了许多普契尼生前的纪念品，尽管房子的陈列和打扫算很用心，但不是专业水准。我想起卢塞恩湖畔的瓦格纳故居，那里是瑞士政府经营的，打扫后一尘不染。瓦格纳甚至不是瑞士人。我佩服普契尼的后人没有售房套现，反而用心经营，把房子改成供有心人免费参观的博物馆。

我们也乘坐小汽船游湖一周。这不是个漂亮的湖，只不过因

为普契尼以湖边别墅为家及终老于此，于是"山不在高，有仙则名"而已。这是一个沼泽湖，水道的两边是长长的芦苇丛，也很别致。

早上参观过后，再驱车到比萨，在斜塔附近的一间餐厅用午餐，饭后有3个小时的时间在附近参观。比萨斜塔所在的Piazza del Duomo（米兰大教堂）的广场上，三间精雕细琢的白色大理石建筑物排成一列。它始终是世界上最漂亮的广场之一，不因你已"看过斜塔多少次"而异。意大利有很多座斜塔，而且还没有一座倒塌。不过，如果你第一次来，想登斜塔参观，那这3个小时里，你要花一半时间用在排队上。

到佛罗伦萨的邮轮，通常到的是平平无奇的Livorno（里窝那港），这次我们的船停泊在La Spezia，对我而言是个意外的收获。La Spezia是个十分漂亮的城市，它的沿海大道植满鲜花、草坪和大树，像度假胜地。但其实，它是个工业发达的城市。此地

234

　　原有的房子大都毁于第二次世界大战，重建后的城市虽然没有宏伟的历史建筑，却是个更整洁、更适宜居住的城市。在意大利，不容易看到这种街道平行和垂直的排列布局，像个有城市策划的现代模式都市。当然，很多人会认为，还是罗马和威尼斯的马路东绕西拐、曲径通幽，才是意大利城市的特色。

　　次日船抵我没有到过、相信到过的人也不多的撒丁岛（独立岛，非半岛）上的Olbia（奥尔比亚）。我到过意大利约20次，这是第一次游撒丁岛。坐邮轮的一大好处，正是邮轮会带你到许多你通常不会特意去的地方。

　　早上10点泊岸，我看到海港里有许多万吨级的渡轮，船身标明有走那不勒斯航线的，有走Livorno的，有走西西里的。沿着地中海，水路可能是比陆路更快捷可靠的交通工具。我希望意大利的渡轮比它的火车准点，Olbia不在游客地图上，它只是个小镇，但清洁整齐，生活水平高，虽然远离意大利的经济中心，但人民

Complete Guide to Cruising ◀ 209

235

236

237

210 ▶ 邮轮客的天书

还是富裕的。居民特别友善，我在街头用300mm镜头偷拍美少女，她发现了，反而微笑招手。意大利有很多的美少女，可惜"未许人间见白头"，也许30岁以后，她们便会变成胖妇了。

是日6点开船，次日早上11点到达那不勒斯。岸上游可以选择到Capri，也可以到毁于火山的庞培古城的遗迹和游Sorrento。不过，如果去了，便得放弃游那不勒斯的时间。

其实除了庞培绝对要看一次之外，Capri和Sorrento都不如那不勒斯。那不勒斯之名，译自其英文"Naples"而非意文"Napoli"。这是个依山面海、风光如画的大城市。这个意大利南部最大的城市，有最漂亮的海港，有很多历史性的大型建筑物，有大城市的购物名店，它更是旋律迷人的Neapolitan Serenades（那不勒斯小夜曲）的发源地。可是它也有特别大的贫民区和也许比别处更多的扒手。即使威尼斯的独特风光和罗马的历史遗迹更令人叹为观止，可是那不勒斯是个更有血有肉的意大利城市。

我喜欢游意大利超过任何国家，一再往游而不厌，就是因为它的每个城市各具特色。较为冷门的Bologna（博洛尼亚）、Verona（维罗纳）、Trieste（的里雅斯特）、热那亚……我都去过了，它们有不同的吸引力。

在那不勒斯，邮轮码头就在市中心，那里沿海的Partenape大道风光迷人，是大酒店和富人公寓区。那不勒斯还是意大利最富有生活感的城市。

次日整日航海回马耳他，我有每次坐邮轮都免不了的那种"下船前惜别的惆怅"。SuperStar Libra的服务水准奇高，人人笑容满面。我在船上的Two Trees吃了三顿饭，餐厅里有船上来自青岛的唯一的中国籍服务员。我第一次吃到很好的大虾，她说如果预订，厨师可以用任何我喜欢的方式烹制。于是，我次日回去吃了餐牌上没有的咖喱大虾和宫保大虾。这种尽量迎合客人的服务，使我觉得简直像坐Silversea Cruises的昂贵的五星船。每次上岸回船，船上进口处都备有冰凉的湿手巾给客人用。是的，这也许只是小节，但普通的邮轮绝对没有这样的服务。

因为太满意了，我竟于两个月后再回来，走了一次伊斯坦布尔航线。这次坐船前后各在马耳他住了一晚，真的还没看够马耳他。幸亏这条伊斯坦布尔航线也经过马耳他，真好！

旅游锦囊

Star Cruises安排的是Emirates（阿联酋航空公司）的班机，经迪拜转机，可以回程延期兼可中途在迪拜停留。不妨顺道游迪拜，这是一个特别值得一游的地方。这样为期一周多的海空包两晚酒店的邮轮假期，收费只是9 990港元起，比现在旺季的一张飞伦敦的经济客位机票还要便宜。

达达尼尔海峡的邮轮旅程

坐邮轮是令人上瘾的玩意。我就上了瘾，每隔几个月就盘算着要坐船。邮轮的普及化，已到了谁都坐得起的地步。

我在三个月里坐了两次Star Cruises的SuperStar Libra，进行了两次为期一周的欧洲之旅。这对经常坐船的我而言，也是一次创举。我这样快成为回头客，有两个原因。

第一，我刚好要到欧洲办事，发现Star Cruises的安排很划算，比单买机票贵不了很多。想当年我一再批评在香港订位坐邮轮，收费比国外贵，现在不再如此了。一周邮轮假期，9 990港元起，包机票和接送，还有一晚四星酒店，便宜得我乐于买票。第二，我对SuperStar Libra的服务十分满意，而且船员认得我，我会得到接近五星级水准的接待。这点很重要，谁都想偶然成为

VIP，得到一级的招待（尤其自己本来不是VIP）！

2006年9月22日，我乘Emirates早班机出发，在迪拜转机，因为赚了时差，晚上6点便到了伊斯坦布尔。Star Cruises给安排的Point酒店就在市中心的Taksim（塔克辛广场）。适逢周末，晚上极热闹，我安顿下来便去体验了一下土耳其式的不夜天。邮轮的开船时间是次日晚6点，所以有很多时间去看伊斯坦布尔。

虽然到过伊斯坦布尔多次，但这个人口超过1 500万的大城市，实在令我每隔一些日子便欲回头去看看。邮轮回航到伊斯坦布尔那天，我又多住了一天。

这城市的吸引力，在于它的生活感。它是唯一横跨欧亚的大城市，有宏伟的建筑物，也有光荣历史。20年前首访此地，当时觉得它像上海。20年后，上海变得太多了，可伊斯坦布尔好像没有太大的变化。我去逛Grand Bazaar（大市场）、Blue Mosque

240

（蓝色清真寺）、St. Sophia（圣索菲亚教堂）……仍有新鲜感。Grand Bazaar是世上独一无二的，几千间店开在同一屋檐下，像一个自给自足的密闭世界，里面什么都卖，砍价艺术在此发挥得淋漓尽致。我自问砍价不够高明，尤其是土耳其人喜欢一上来便和你像老友般握手，"敌我不分"更吓人。但在这个市场里流连，观看人生百态才是乐事，犯不着为砍价和小贩"钩心斗角"。在伊斯坦布尔，我的兴趣是"看人"，不论在Grand Bazaar或在Taksim，人生百态都看不尽。因为码头在市中心，第一天我中午上船报到，安顿了行李，便赶着下船畅游伊斯坦布尔。

241

Complete Guide to Cruising ◀ 215

242

245

243

246

244

247

216 ▶ 邮轮客的天书

第二天的早上11点，邮轮已停泊在土耳其第三大城市Izmir（伊兹密尔）。此城市相当大，很有看头，可惜码头太远，进市中心不很方便，而且又是星期天，结果无功而返。当晚开船后，入睡前时钟得拨后一小时。我的时差尚未倒过来，这样一拨就更糊涂了。每天凌晨4点，我都会醒一次。

开船后的第3天，整天航海，正好休息，到此才算进入新的时空。晚上风浪竟然很大，毕竟已是秋天了，地中海也不保证风平浪静。邮轮驶往马耳他，水路也很远。我坐的行程是伊斯坦布尔的七晚来回程，但更多乘客选择在马耳他上船、下船。我们到马耳他迟到了一个小时。因为水路风浪太大，领航员没法登轮，邮轮只得绕到另一边水域接他上船领航。

上次来马耳他坐船，意外发现了一个顶级美丽的城市，这样快成为回头客，我一点也不介意。到一个到过的地方，反而没有疲于奔命去观光的压力。在风光如画的马耳他，我乐于费劲地逛首府山城Valletta的斜坡街道。邮轮到晚上11点才起程驶往雅典。

第5天整天航海，次日10点船抵雅典的外港Piraeus（比雷埃夫斯）。这是多数东地中海希腊群岛航线的出发点，真是名船云集，包括超大旗舰级巨轮Millennium和Rotterdam，都泊在我们的船旁。我注意到，Millennium的岸上游团队就有27团之多！我们的船小，全船乘客不足300人，真舒适。Star Cruises今年匆匆开欧洲航线，宣传也许未足，欧洲也到底不是Star Cruises的地盘。乘客中倒有50人是说中国话的，大多数是新加坡和马来西亚人。不过，我不大想坐Millennium这种10万吨级的大船，和2 500人挤着到处排队！

雅典历史悠久，但也许是世上最无章法的大都市。奥运会过去两年了，可全市仍然处处打着奥运的广告。我也到过雅典多次，这次乐于以看Piraeus为主。沿着海岸走路20分钟到火车站，都是Piraeus的中心地区。有很多班车前往雅典，车费为0.7欧元。不用半小时便到了雅典市中心的Omonia广场。在此安步当车，花3小时便重游了Syntagma和Plaka这些雅典名胜所在地。

第7天又是海上行程，不过今天的海道不是一片汪洋，是我一直期盼看到的历史性水道达达尼尔海峡。下午4点，船抵海峡地带，在欧亚两洲间的分水道航行约4个小时，两岸有风景。从4点起，船上是甲板派对和游戏节目，十分热闹。达达尼尔海峡风光名不虚传。第二次世界大战时，这里的一场海战死伤无数。邮轮经过历史性的地点时，船上有导游广播。这天的节目很有气氛。

第8天回到伊斯坦布尔，我是少数在此下船的人。然后我到伦敦待了3天，回程重访迪拜（一个永远值得stopover的地方）。来年夏天，SuperStar Libra还会再走欧洲航线，如果有时间的话，我会再捧场。除了收费合理外，Star Cruises的服务肯定也胜过欧美的四星邮轮公司。这次在海港，我也看到Silversea Cruises和Seabourn Cruises的五星船停在旁边，当然这些船的水准肯定更高，可是价钱是SuperStar Libra的4倍多呀！

坐邮轮到北京：
一次难忘的"最慢旅程"

　　这次邮轮旅程，我坐的是Princess Cruises的Diamond Princess。从日本的大阪出发，第12天到达北京（天津新港）。Diamond Princess的排水量达117 000吨，是世界最大的邮轮之一。走近这艘楼高18层的邮轮，前面像是一座大厦，长得像整整一条街。

　　第1天从香港出发，乘全日空班机到大阪，在市中心难波车站的瑞士酒店住了一宿。到酒店时已入夜。次日下午3点半才登船，早上还有足够的购物时间。而且登轮后半夜才开船，还有时间看

249

看大阪的海港地区。节约至上，这艘船的客房里除了肥皂外，什么用品都没有，登船安顿后才恍然大悟，赶紧下船买齐牙膏、刮胡刀和拖鞋等用品。这都怪船费太便宜了。

次日整天航行。全邮轮客满，乘客达2 600人之众，但除了自助餐的Peak Time（高峰期）外，也不太拥挤。

第3天清晨抵日本的长崎。Diamond Princess是在长崎建造的，下水一年后终于回家了，所以当地有特别的欢迎仪式。

曾坐Norwegian Wind来长崎，记忆犹新。从码头到市中心的购物街，只是不远的一段路。我安步当车，从码头走过来，沿途还经过长崎的华埠。到了市中心，商店很多。日本终归是日本，即使长崎没有大阪的规模，总有值得逛的购物街，而你一定会有可买的东西。此地的名胜是原爆纪念馆，因为已看过广岛的纪念馆，我就不去看了。美中不足的是，10月中旬了，这里仍然很热。6点开船，发现甲板上很多聪明人（定是比我聪明的人）拿着电脑对着山头免费无线上网，可惜我后知后觉。在房里休息错过了，要知道在船上上网，每分钟要0.35美元，不太贵，可是网速太慢了。

这次航程大约是每航海一天便上岸一天。次日整天航海，来到俄罗斯的符拉迪沃斯托克（Vladivostok）。这天是全程仅有的两个华服之夜的其中一天，也是船长晚宴之夜，晚餐餐牌上有鱼子酱（尽管是偷工减料的"三拼"，这道菜在Princess Cruises的餐牌里10多年不变），还有龙虾。正餐的餐食是一般四星船的水平，不要埋怨不好吃，想吃得好，请付高费用光顾Silversea Cruises或Seabourn Cruises。但这艘船和同级的Grand Class的船上，会有两间一流的付费餐厅：意大利餐厅Sabatini（尖东帝苑酒店）和扒房Sterling Steakhouse（史特林烧烤牛排馆），收费分别是20美元、15美元，也只是补贴了食物成本的差距而已，很值得。不过，在免费的正餐厅喝普通咖啡是免费的，可是想喝Espresso（蒸馏咖啡）或Cappuccino（热牛奶咖啡）要另外收费。

四星船这样大的船，可以提供我要求的船上活动。Diamond Princess这样的新船，公共地方的装潢不见得比不上五星船。只有这样的大船，才能有大规模的表演，也才会编排出如此多的活动。

我"必选"的四星船只限于NCL（当然也包括Star Cruises）或Princess Cruises的船，就是因为在非五星船中，只有它们的餐厅采取自由坐席制。Diamond Princess的免费餐厅有4间，包括3间分别提供意大利菜、太平洋fusion菜和墨西哥菜的主题餐厅，各有不登在餐牌上的地方风味可选。但我吃了很多顿饭，侍应从来不告诉我这点（虽然我知道），不论是吃Savoy、Vivaldi、Santa Fe或Pacific Moon，吃的都是编座入席的餐厅International Dining Room一样的套餐。这次倒算能刻意试齐所有的餐厅。

Princess Cruises的娱乐节目算是大制作，可是节目的取向偏向歌唱，歌手也当然不是明星，所以不像在SuperStar Virgo和NCL大船的show那样热闹。如果要作比较，我较喜欢NCL的表演和餐饮，尤其是餐厅的服务。可是NCL的船在"硬件"上却不及Princess Cruises的新船的好，house-keeping（管家）一环也稍逊。我尤其喜欢Princess Cruises的big ship choice、small ship feel的概念。要做到后者，得把117 000吨的巨轮分隔成不同的空间。例如，设有四五间不同的餐厅，而不是RCI式的人山人海的多层大餐厅。又如，把别的船的一个罗马式的大泳池分成几个小泳池。每一间邮轮公司的操作都有自己不同的方式，邮轮客可以自己选择。邮轮客都是他自己喜欢的船公司的拥趸。

　　船行一夜，次晨5点到俄罗斯的符拉迪沃斯托克。虽然是10月中旬，但白天气温骤降至15度。邮轮码头就在市中心，连接着火车站，也就是全长5 778英里的Trans-Siberian（西伯利亚铁路）的终点。从这里坐火车到莫斯科大约得花一个星期，飞机普及以前，这样走算是走快线了。年轻时梦想在冰天雪地的严冬，效法齐瓦哥医生走一次这条路线。现在有能力也有时间，却不愿这样去做了，宝贵的时间不如用来坐邮轮。但如果我想坐火车，此线对我的吸引力应在新加坡的"东方快车"或印度与南非的豪华列车之上。不客气地说，我除了是邮轮专家外，大概也可自封火车专家。

　　符拉迪沃斯托克虽然只是个小城市，好像没什么好看的，可是它使周游列国的我也有了新体验。比方说，小小的沙皇时代按俄罗斯17世纪建筑形式兴建的古老火车站（连接着一间新式的有

Complete Guide to Cruising　223

购物中心的大型火车兼邮轮中心）便有观光价值，使我想起尖沙咀的旧火车站。里面的候车室古老得可爱。我当然也要到月台上走走，想象一下自己坐上这列车到莫斯科的样子！

符拉迪沃斯托克人口少，发展也不快，百货店的装潢和货品都像10年前北京的店，可是街道清洁，我逛了大半天，发现当地人都很有style。女孩子尤其漂亮，而且衣着时髦。古色古香的街道和一些旧建筑也令人回味无穷。我逛了几个小时却一毛不拔（也真的没什么好买的），但已有了不少精神收获了！到此一游所得的另一满足感，是1992年以前这个海军重地是不开放给游客的。

我希望有更多邮轮来访。像我们这样大的船来访，已成当地大事。码头上来观光看船的当地人络绎不绝，几千人在码头大厦等着看开船，船应下午6点开，却延至8点，许多人一直等到8点，岸上真的是美女如云！

再一整天的海上航行，我乐于享受船上的设施和表演，也好

用电脑整理文件和3天里拍下的达4GB容量的照片！这次航程还有香港的胜景游，团友在自助餐厅划出一角，开了近十桌麻将，洋人为之侧目。坐邮轮的乐趣，就是各自寻开心。

次晨7点，到达了下一个港口——韩国的釜山。这个城市我也曾坐邮轮来过，也是记忆犹新。从码头到市中心，只要走15分钟的路，地图也不用看。我觉得釜山比首尔好玩。首尔有的釜山都有，但釜山的街道比首尔整齐，它毕竟是韩国的第二大城市兼最大的海港。

很多游客参加船公司的岸上游，去看名胜，但到此仅一天，时间当然是用于到城里观光，体会当地民生。釜山比长崎大，是一座很繁荣的山城，市中心商店密集，多得不得了，可是大都卖中下档货色。购物街有数不尽的摊档，像香港的"女人街"。釜山人口不少，商店却实在太多了。在市中心商业区，最值得一看的是渔市场——一座大厦及其前后左右的道路都是鱼类和海鲜档。巨蟹令我垂涎，可惜一人

独食"孤掌难鸣",再说坐了几天船,早已吃得很多了。我想,还是下次专程来时再大吃大喝吧。釜山是值得再游的城市,只是值得游的城市太多了,时间不够用。

海上航行一天后到了上海,将时间调回北京时间,与符拉迪沃斯托克的时间有两小时的时差。那天凌晨4点便停泊在上海,因为Diamond Princess船太大,只能寄碇于黄浦江口的比机场还要远的货柜码头,进城坐车得花一个半小时和单程10美元的车费。当天下午再起程,次日航海一整天,于第三天的清晨抵达大连。邮轮的旅程大致是这样的模式,白天在停泊的地方有整天的时间可用,晚上睡觉的时间邮轮继续赶路。到了像上海这样大的地方,可够忙的了,于是更觉得次日整天航海的安排正好。

上海和大连对我们来说,都太熟悉了。不过,对全船2 600位乘客中占大多数的老外来说,上海始终是最值得一游的港口。而大连清洁整齐,是中国的模范城市,再加上以北京为终点站,乘客可以选择逗留几天再坐飞机回家,所以这条航线选取的港口很有吸引力。对我来说,即使几个月前才到过上海,两年前才到过大连，旧地重游仍是不错的。我住在北京，正好在北京下船。难怪Princess Cruises的邮轮近年都用这么大的巨轮来走这条航线且生意兴隆。

全程天气不差，天天有阳光，但是大连公海上，晚上温度只有6度。这一航程真是四季天气齐全。风浪方面，只有最后两天在渤海有大浪，浪高达4米，海面也算得上是不平静了。但在这里，10月底就应有风浪了。以前我曾坐过Star Cruises的SuperStar Gemini，从韩国到青岛、大连，一路大风大浪。入秋浪大，大约这时候这样的航线都快停航了。

虽是10万吨的超大船，因为海浪大，当晚有大动作舞蹈的production show也得延至次日。我有过好几次遇上更大风浪的经验。最严重的一次，是曾于台风后坐Star Cruises的SuperStar Aries（白羊星号）从基隆前往冲绳石垣岛（见后文）。邮轮照开，不少乘客晕船，船到了港口几乎进不了港。所以，选坐邮轮必须懂得考虑季节、航线与海浪的因素，除非你和我一样不晕船。

这条航线我虽然已走过几次，但如果将来我忽然想坐邮轮，我会考虑坐一次类似的航程，也许是从北京到香港。

旅游锦囊

大阪的码头很远，必须做好登船安排，比如住一天Pre-cruise的酒店房以取得登船接送。到了北京，海港在遥远的天津新港，更要接受船公司的安排，而且得买到大阪并不便宜的单程机票。从北京回香港反而较容易，深圳机票都是按单程算的。南航也有单程廉价机票，www.mangocity.com上有介绍资料。

马六甲海峡的一周温暖旅程

星期天的中午在新加坡登轮，傍晚出发，次日访马来西亚的槟城，星期二访泰国的普吉岛（布吉），星期三回到新加坡。这是SuperStar Virgo的第一个旅程。如果你像我一样意犹未尽，那么当晚再出发，次日访马六甲和吉隆坡，星期五回到新加坡，那更是一个圆满的邮轮假期。

SuperStar Virgo和以前常驻香港的SuperStar Leo是姊妹船，约77 000吨。尽管我坐过几艘更大的10万吨级的船，但说到大堂的宏伟和气势，更新、更大的船都比不上SuperStar Virgo的豪华大堂。以前常常坐SuperStar Leo，上了SuperStar Virgo，我有了"回家"的温馨感，船员很多都来自SuperStar Leo，自hotel manager到餐厅的小侍应，都认得我这个熟客。

在舒适的露台客房安顿下来，晚餐到地中海餐厅吃自助餐，这是SuperStar Virgo的9间餐厅之一。每天晚饭选一个餐厅吃，一

周之旅也还吃不完。我是Star Cruises的常客，但一别数月，发现不另收费的自助餐的食品比以前的SuperStar Leo还丰富，也有改进。后来吃过其他的餐厅，也有这种感觉。坐SuperStar Virgo，口腹的享受肯定是很高的。

笔者自然深知Star Cruises的表演节目的精彩！登船的第一晚就有国际级的表演，我自然成为兴奋的座上客。令笔者叫好的是，现在的节目比过去更精彩！演员除了有巴西和欧洲的美女舞蹈组合外，还加入了大规模的中国杂技团、俄罗斯的体操运动员。最热闹时台上演出的人数大约有35人，再加上大布景和激光效果，成为我迄今为止看过的最大规模的海上演出。这次一共坐了6天船，看了两场这样的大演出，过瘾。

第2天近中午船抵槟城，笔者寄予很大的期待，就是因为这是一个我还没到过的地方。结果我没有失望。

槟城是个不大不小的旧城，古色古香，城市现代化的进程仍未侵蚀到这类二线城市，不至于使其面目全非。但槟城也有现代化的购物中心，其物价的优势使"不大购物"的笔者也在此大大

破财，不但买衣服，还买了一台照相机！游这种规模的城市，坐邮轮正适宜，因为上岸几小时就可以尽兴了。

槟城有长长的海岸线和漂亮的海滩，那天风平浪静，完全看不出这个海滩也曾遭海啸的洗礼。不过这里不是重灾区，但导游说的故事惊心动魄。他说那天他在海滩旁的大商场购物，幸亏早走一步，否则他也会随着寄在路旁的自行车一起投奔大海去了。那只是几分钟和一个巨浪的事，而今天却又平静得"若无其事"。

次日清晨，船抵泰国的普吉岛，那正是一个灾情更严重的地区。巴东海滩现在是平静的，但许多毁于海啸的房子仍未修复。在下午的炎阳下，仍有不少不怕热的洋人懒洋洋地泡露天酒吧。几年前，我也曾坐SuperStar Virgo到过普吉岛。那次傍晚才到，巴东海滩的晚上才是高潮，所以满街都是人。自海啸后，巴东海滩至今元气未复。亚洲游客来的仍不多，只靠矢志不渝的拥趸欧洲人来捧场。我看到，一家餐厅的午餐竟以欧元报价。到巴东海

滩，你必须晚上来，也许越晚越有气氛，白天来炙热非常，逛一下便得找空调间去逃避。记得上次来，SuperStar Virgo寄碇巴东海滩附近的海面，用穿梭不停的驳船登岸，反而比这次船停泊在遥远的深水港码头方便。

在普吉岛，我参加了岸上游，差不多走遍全岛了。在一整天的旅程中，到巴东海滩之前，我们参观了珠宝厂和土产店，也到过一间超级市场。珠宝厂规模奇大，但在我们的旅游车到达前，大如大会堂的销售厅空无一人。珠宝厂招呼周到，出门前还有汽水、咖啡免费奉客，其实"羊毛出自羊身上"。船上来了许多"参观者"，我喝了咖啡更"精打细算"了，显然都不是好的

267

客人，捧场客主要是印度豪客。是的，我也买手信（外出旅游给朋友带回的纪念品），但我是等到后来到了超级市场才掏腰包的！

尽兴回船后天色已晚，于是，在甲板上吃烧烤自助餐，又看了一场由船员主演的虽不专业但特别卖力的表演。晚上，在蓝湖吃消夜，喝肉骨茶，然后在酒廊听歌到深夜。这确是玩得"很忙"的一天。次日晚上7点，船回新加坡，10点再续另一段航程。有乘客下船，也有很多人像我一样兴致未尽，当然要再续航程了。下一站是我一直想去的古城马六甲。

SuperStar Virgo每逢星期三晚从新加坡出发，进行三日两夜的短线行程，经马来西亚的马六甲和吉隆坡的外港巴生港，星期五返回新加坡。

多年前曾坐SuperStar Virgo，同一航程设计较简单，只到巴生港。现在星期三晚上10点半开船，次日清晨7点便到了马六甲海面，在此停留大约两小时，以便进行岸上游。9点再开船，大约中午到巴生港。妙的是，游马六甲的朋友大清早出发，旅游车约在7点把客人送到巴生港，"追上"SuperStar Virgo的回程。如果嫌出发太早太过舟车劳顿，可选择下午才出发的吉隆坡之旅。

我自然选择去游难得一去的马六甲，尽管那意味着6点起床，大约7点便乘驳船登岸。那必须参加船上安排的岸上游，但Star Cruises的岸上游收费极合理。这个游程共花了11个小时，驳船的开行时间便用了一小时。从马六甲码头出发，风光无甚特色，但对现代大城市的居民反而有新鲜感。旅游车的第一站是圣保禄山和荷兰红屋区。

马六甲曾三度易主。荷兰人赶走了葡萄牙人，当年最"强大的海盗"英国人又赶走了荷兰人。圣保禄山、海港，然后是荷兰区，其实都在附近。到这里看的是这段时期的历史遗迹。

游圣保禄山得攀上不太低的山坡，在湿热的天气下拾级而上，真不好受。偏偏我们这一团，有个看来80来岁的澳洲老伯，不但拖慢了一车人，更害得导游"不能不"扶他登山。

当年殖民者的历史不必深究，但据说山上城堡的石头含铁量高，大炮也没法炸毁它，倒也有趣。但我情愿快点进城看人文历史，也希望赶快回到有空调的现代世界！后来发现在整个旧市区，唯一有空调设备的地方，只是我们的旅游大巴！

到了市中心，但见一条长长的街，清一色两层高的古老房子。我们停在娘惹博物馆前，这是一间私营的博物馆。因为这是必游的节目，生意也不错，可是花整整一小时看一间古老的大屋实在不如用更多时间逛古色古香的老街，尽管我们另有这样的时间。

我吃过很多"娘惹菜"，但到此才知道娘惹可不是惹人的

268

娘,只是马来人和华人生的"混血女性"的马文译音。博物馆不看也罢,倒是外面古色古香的街道和店铺很有观光价值。这里有很多古董店,也算地方冷门,也许可来寻宝捡便宜,可惜把时间浪费在博物馆里了,没时间了。

中午在酒店吃自助餐后,是一连串的购物行动,从土产工厂到超市,然后驱长途车前往吉隆坡,赶上已北驶的SuperStar Virgo。到了吉隆坡,购物,在双子塔拍照,然后在唐人街自由活动。好像什么都看不够,但实际已是整整一天的旅程。不过,我已到过吉隆坡多次,无所谓。这次主要是游马六甲。

回到距吉隆坡约一小时车程的巴生港,这是Star Cruises的母港,码头很是现代化。Star Cruises的总部大厦就在码头旁边。返回SuperStar Virgo有空调的现代世界,对极怕热的我是一大解脱。马上想到的问题是:"今晚吃什么?"意大利餐呢?还是日本餐?中菜付费餐厅的二人套餐有龙虾吃,两人才100新币,真值。坐SuperStar Virgo，吃的一环不愁寂寞！这次，坐船坐到第5天，我仍然没有时间试印度餐厅。

旅游锦囊

1.SuperStar Virgo的每周航程，就是逢星期天开出的四天三晚和逢星期三开出的三天两晚，再加上周末的不上岸的一晚海上游。这种模式和当年SuperStar Leo在香港的节目相同。坐惯SuperStar Leo的客人，会发现SuperStar Virgo的很多船员来自SuperStar Leo。邮轮在新加坡开出，大概因为那里的地理形势比香港更能适合澳洲客人和印度客人。我们到新加坡上船不便，但港新航线可能是以里程计的最便宜的航空航线，大大地抵消了笔者到新加坡的抗拒。通常到新加坡，来回机票便宜的话大约只有880港元。

2.我提前一天到新加坡，以备不可预见的事件。这次住在港丽酒店（Conrad Centennial），笔者也极满意——这是今天新加坡最好的酒店之一。新加坡虽然是"闷蛋"，但有坐船之便及便宜机票。多花点时间享受一流大酒店，次日登船，是个好主意。才下船，我已思量何时再来坐SuperStar Virgo，就是因为觉得实在好玩，而且消费合理。

阿拉伯海的邮轮旅程

我在印度迎接2006年的来临。12月31日晚上，我坐国泰航班抵孟买的时间是晚上8点，我在机场附近的Hyatt Regency酒店住了一晚，次日下午登上SuperStar Libra，作一次五天四晚的阿拉伯海邮轮之旅。

孟买是"印度的上海"，是个很大的城市，国际机场在市中心，这个地区自成一国，大酒店林立。我抵达时正赶上酒店的除夕自助餐大派对。午夜，餐厅熄灯countdown（倒数计秒），气氛很好。想不到这间酒店不但客房精致，搞派对也很热闹。客人主要是印度人家庭。

Star Cruises新办的印度航线，每星期日从孟买开出，遨游阿拉伯海，第5天星期四回到孟买。现在看来，SuperStar Libra是夏天到欧洲，冬天回印度。邮轮公司有极完善的全套安排，反正早到一晚是免不了的，可以安排孟买的当地旅游。船公司早上9：30来接我，出发游著名旅游点Elephanta Island（象岛）。游毕，下午4点送你到码头上船。在印度，只付巴士游的费用就可得到私家

车专人导游的享受。到了印度，自然要多看看。印度很好玩，我在5天航程后多留了3天，以多看看不同的文化。

这次航程一共停留两个地方，看了"很多印度"，也给了我进一步认识印度菜的机会。我一向喜欢印度菜，所以尽管船上有西餐厅，我也尽量选吃印度菜。

首天晚上8点，SuperStar Libra在"Happy New Year"的欢乐气氛中开出，船上的甲板派对开得很晚。以前虽到过印度多次，这次才发现印度人的吃饭时间特别晚。船上餐厅要8点和8点半才开始，但客人多半9点以后才来吃！（另一如此晚吃晚餐的民族，我想到的西班牙人。）于是，我也入乡随俗，调到印式的晚餐时间。这艘船也有Star Cruises必有的蓝湖24小时餐厅，是船上唯一的付费餐厅，不过卖的东西仍以印度口味为主。经理告诉我，可给我做中国面和海南鸡饭。

船上开甲板派对到半夜。次日，整天航海正好休息。印度的冬天白天热，但晚上凉爽。船上的表演场面很大。船也给人很spacious（宽敞）的感觉，这正是旧船胜于新船的地方。

SuperStar Libra的排水量是42 000吨，可容1 480个客人，正是不大不小的合适吨位。这样大的邮轮客人不挤，巨轮有的设备它

都有。我坐船绝不贪船大。巨轮有好处，自然也有坏处。

一整天航海后，星期二凌晨6点抵达首站。Lakshadweep（拉克沙群岛）其中一个岛Kadmat只有5 000人，居民的主要工作是种植椰子树。这个全无污染的海岛，岸上干净得很是"非印度"，几乎不见垃圾，海水更清澈得可以看透海底。邮轮在此停足12个小时，乘客可以好好地在美丽的海里游泳、玩各种水上游戏、坐Glass Bottom Boat看海底的珊瑚礁或者在岸上散步。岛上有一个乡村，奇怪的是，有几千居民却没有一间店铺。难道居民仍然生活在以物易物、自给自足的世界？散步很舒适，可惜天气太热，我还是很快就回船享受冷气了。但日落后，舒适得很。

孟买天气也一样。上Kadmat岛最有趣的地方，是我们可以回归自然。最刺激的则是邮轮停在海中心，登陆一律坐有马达的平底舢板。从高高的邮轮到舢板得爬上爬下，十分刺激，驶往陆地的船程也十分颠簸，海浪不时打到身上。所幸岸上风景不错。

晚上6点开船，次晨11点抵达印度首屈一指的度假胜地——曾是葡萄牙殖民地400多年的果阿（Goa）。这个地方在欧洲人心目中十分有名，很多欧洲人来此避寒。

我参加了岸上观光游。在船上吃过午饭后才在下午2点钟悠然出发。

首先到的是果阿旧城，主要是参观两座天主教堂。其一是天主教的总堂——相当大的Se Cathedral（圣凯萨琳教堂），是1619年建成的建筑，在当年算是极宏伟的建筑物。另一座教堂Basilica of Bom Jesus（仁慈耶稣大教堂）的重要性，则是因为圣方济各的遗体安葬在这里。两座建筑物都是17世纪的古老建筑，都保存得很好。

然后到果阿北部最大的海滩Calangute（卡兰古特海滩），有

3个小时进行自由活动。这个海滩极大,白天炎热,海上都是弄潮男女,包括很多欧洲人。这里的活动极像泰国普吉的巴东海滩,人山人海,热闹得不得了。欧洲的游客,都是来享受假期的人,很多人样子懒洋洋的,可能一来就住一两个月。这里什么游客设施都有,消费极便宜。5港元就可以叫一杯冻咖啡,就可以露天坐半天享受阳光。10港元一份的chicken tikka(串烧鸡肉)也很好吃。这个海滩一带有极多酒店,不过都是便宜酒店。但果阿另有高消费区,连Park Hyatt这样的顶级酒店也开在另一个海滩上。

果阿的面积只有3 500平方公里,但已呈现出高度的贫富悬殊。不过,这正是印度的特色,这种情况在印度比其他地方都严重。和普吉岛的巴东海滩比,这海滩也许较为落后,街道也年久失修。但对欧洲人来说,落后却是一个卖点,少了普吉岛的商业气味,多了点自然。我在一家西藏餐厅饮下午茶,坐在大街店子的楼上看行人,叫了一杯西藏式的buttered tea(酥油茶),很好

喝。这里真的是退休者的天堂。

　　SuperStar Libra晚上11点才起程回航,次日下午两点抵达孟买。我充分地感受了这个"印度的上海",即印度的"宝莱坞"这个人口达1 800万的超大城市的风情。难得在阿拉伯海坐邮轮,我当然不会错失良机。

旅游锦囊

　　如果参加这样的行程,最方便的是参加Star Cruises的香港包办游,从机场到酒店、到码头管接送。不然的话,邮轮码头就在市中心,距Gate of India(印度之门)不远,也很方便。

从台湾到冲绳及石垣岛

那年Star Cruises邮轮有一艘船，以中国台北的基隆为根据地，走四天三晚和三天两晚的航线到冲绳，周末则开行两晚的以游船河和娱乐为宗旨的不上岸航程，像那时SuperStar Leo在香港。我试过这条冲绳航线。

那次我坐这条航线，Star Cruises用的船是白羊星号（SuperStar Aries），这艘船即是以前的五星船Europa。很多人认为在Star Cruises的船队里，尽管它已旧了，可最舒适的船应是它而不是更新、更大的船。不过，Star Cruises后来将这艘船出售。

那时，每逢星期日下午4点，这艘船从基隆港开往冲绳岛的首府那霸，次日下午到，航程相当长。星期一，邮轮停泊在那霸一宵。于是，客人在星期二傍晚回程前，在岸上有充裕的一个晚上和次日的大半天时间活动。星期三下午4点，邮轮返回基隆，晚上9点再到琉球群岛的另一名岛石垣岛，上午9点到达，下午5点回程。乘客在石垣岛有6个小时的时间游玩。我两段航程都参加过，好好地玩了六天五晚。

冲绳这个日本的离岛省，我一直想去看看。它曾是琉球皇国，第二次世界大战后又曾由美国管治，直至此地回归日本前，那里的居民都是美国籍。

现在，美国仍然在此占用不少基地，这构成了不少社会问题。美军良莠不齐，时常出大新闻，以至于美军下班穿上便服去打劫的新闻早已不是大新闻。现在日本人有钱了，不再需要美国保留基地、让美国大兵在此花美元，但美国却需要这极大的基地，所以一直不肯撤走。从码头到北谷町，沿途能见到两个美国基地，占地极广。铁栏后面，使用美元和执行美国法律，是不折不扣的殖民地或租界。这个问题伤透了日本人——尤其是冲绳人的脑筋，但对我来说，反增对此地的好奇和兴趣。

第一晚我参加岸上游到北谷町去，沿途经过那两个庞大的美军基地。到了北谷町，那里更有一个所谓的美国村，我去餐厅吃日本寿司，也见

Complete Guide to Cruising ◀ 243

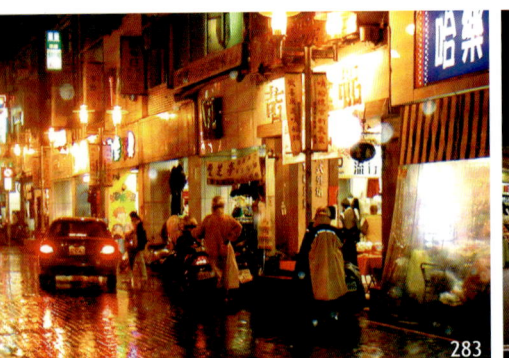

不少美国人光顾。北谷町根本就像美国的小镇,那里还有点夜生活,到处是霓虹灯再加上drive-in(免下车)的supermarket和一间专卖美军剩余物资的大店,使人只觉得身在美国。那晚的节目主要是购物,那里有一间极大的吉之岛超市,台湾人大买特买日用品,就像搬家。

次日参加另一岸上游,既看当地名胜,我也真想去逛市中心的购物焦点——国际通大道!邮轮泊在安谢区的码头,距市中心远,参加岸上游是好办法。

日本就是日本,即使远在冲绳岛!这条国际通虽只是两线行车的窄街,但长度不下于伦敦的牛津街,沿途不但有三越、Tiffany和Gucci一类的商店,中途还可进入一个极大的日式传统的有盖市场,里面有几百间小店,卖的是日用品。名店和大公司处处有,日本这类市场更值得逛。坐邮轮短游而有在日本购物的乐趣,大概只此一程。这次岸上游,我还看了波之上神宫和孔子庙,也算看过一些当地名胜了(我不想承认为购物而去旅行)。

次日黄昏回到基隆,晚上9点再出发到石垣岛,也正好借这几小时看看你不会特别来的基隆港。基隆的邮轮码头就在市中心,走几分钟便是闹市，很方便。

　　次日，船又回到琉球群岛的范围。石垣岛是冲绳本岛以南的一个小岛，很接近台湾的花莲。听说岛上有不少华人。我参加了环岛游，也算能在岸上的6个小时内把全岛的概要看过来。这天很忙，早上先看一个地底钟乳石洞，再参观八重山民俗公园，都有真正的观光价值。这个民俗公园占地很大，里面展示了琉球风俗与文化历史的概要。但高潮是接着去的川平湾，这里原来是日本的著名景点之一，公园里多是日本本土游客。

　　我们在公园有两小时时间，正好吃一碗冲绳拉面——这种纯麦子做的面在外面吃不到。我喜欢它的口感，吃这面通常佐以五花腩肉，肥处松软，瘦肉则有火腿似的芳香。结果在最后一站前往购物时，我也买了不少冲绳面条！可惜我还得坐飞机，不好买太多。每次到日本，总免不了要大出血！

怀念SuperStar Leo

不久以前，香港也有一艘真正够水准的新一代的megaship常驻。那就是SuperStar Leo——Star Cruises的第一艘旗舰。后话当然是，由于NCL的一艘新船因意外延误了交船的日子，SuperStar Leo被派去接替，结果"一去不复返"。这一去，就像香港邮轮一个小小的黄金时代的终结。我相信即使香港再有船常驻，也只怕不是这级数的船了。是的，现在不但Star Cruise在，而且马上会有三艘船常驻，而Costa Cruises也来了。MSC也在香港设了办事处，但这些船都是旧船，我们再没有像SuperStar Leo这级数的船了。

的确，香港有"很多船"，连以前的Radisson Diamond也在这里，可都是赌船。Star Cruises的选择必有其商业理由，问题也许是香港的船票销量维持不了一艘真正像样的船！可新加坡都能有SuperStar Virgo！本文收录了SuperStar Leo其中两次最难忘的航程的记录。

Star Cruises的上海历史旅程

2002年11月中旬，SuperStar Leo临时开了一班到上海的旅程，可不是普通的航程，它可说是Star Cruises的历史旅程！因为Star Cruises的另一艘船Star Aries也会同时到达上海，两艘船一起停泊在外滩的高阳码头，造成的浩荡声势成为上海的大新闻。

再登SuperStar Leo，还没开船我便有了这个想法：喜欢坐船的朋友实在不用外求了。你坐飞机飞到北美洲去坐船，除了选坐贵得很但玩法完全不一样的五星船之外，只怕坐的船水准尚不及SuperStar Leo！朋友最近坐Constellation，回来说除了正餐厅外只有一个只开一条饮食线的自助餐厅，为了喂饱肚子，他排了40分钟队才有得吃。我这个人比较客观，但坐船竟要饿肚子，那是绝不可以接受的。我上了SuperStar Leo，船还要两小时后才开。但泳池旁已在开派对，有饮品供应。别的公司的船，只是按章鸣笛开船。崇洋又孤陋寡闻的人以为到加勒比海去跟美国人挤才算真的坐船，是很好笑的。

上海之行，为时7天。第1天下午6点开船，次晨10点船已停泊在厦门的码头，在岸上有5个小时的时间。以前已坐SuperStar Leo到过厦门，但不要紧，这次只要选个不同的岸上游，看的东西便完全不同了。这次选游鼓浪屿海底世界，所谓海底世界其实是个海洋博物馆，里面的海洋生物样本竟然有很多奇珍，包括世界最大的抹香鲸标本。我还走过一条玻璃管海底隧道，看了不错的海狮和海豚表演。这些东西的确在海洋公园也有，只是我已有10多年没到过海洋公园，反而在旅途中到厦门的海洋公园看得津津有味。

像我这样一再地坐SuperStar Leo，走马看花来了几次后，对厦门也变得熟悉起来。这次在鼓浪屿登高远眺，风景甚好。也许下次真要好好地在鼓浪屿半山的鹭海宾馆住两晚，好好体验厦门的风情。这次在那里吃海鲜午餐，东西真的不错。一直以为自己是Star Cruises的拥趸，午饭时与同桌者谈起，才知道自己只是小儿科，他们有人每月总要上船，甚至每周上船！一位仁兄说，他这次回港当天会马上转乘SuperStar Gemini到西沙去。他们主要是"娱乐客人"。

次日整天航行。我最喜欢偶有这种日子，可以充分地散心，这是无事忙的香港人在岸上不易办得到的事。这天风平浪静，但海上有大雾，整个下午到入夜，船要不时响着号角声开行。浓雾、黑夜的大海和断续的号角声，使人想到泰坦尼克号时代航海的浪漫。这里海面交通繁忙，通宵都见有中国渔船作业。半夜走出露台，只见月明星稀、大海茫茫、渔火处处，令人心旷神怡。这是一种精神享受，而我整天进行物质享受，包括在日本餐厅吃午餐、在法国餐厅吃晚餐，看了一场精彩的表演，也曾到娱乐场小小怡情。乘客不

少，但入夜后似乎人人都拥挤在娱乐场里，让我这种客人可以静静地坐在香槟酒吧听听歌，舒畅极了。

第4天早上10点，邮轮已准时停泊在上海外滩不远处的高阳码头。其实SuperStar Leo大约清晨7点便已开进黄浦江口，通过狭窄的河道慢慢开向上海。我曾坐邮轮进上海两次，知道黎明即起在露台上观看沿江的民生。

据说SuperStar Leo是至今进入上海的最大邮轮，略大于Regal Princess。所以，这次SuperStar Leo来访，是上海的大新闻，吸引了不少上海人去看大船。而Star Cruises这次为了造势，不惜工本，邮轮抵达时安排了舞龙舞狮，又用30多人的银乐队演出助兴，还安排了当地传媒和有关人士上船参观。码头上挂满气球，搭了两个接待宾客的大帐篷，招呼两艘船的客人。我坐船不少，但两艘船一先一后抵达时如此震撼的场面还是第一次见。

周三早上，邮轮到达上海，周五凌晨才回航，也有客人在上海下船。乘客在上海有很多时间，尤其是第一晚，邮轮通宵大开门户，半夜回来固然可以，不回船也无不可。我晚上11点尽兴回船时，看到仍有人结队出去玩，大概是下班的船员。

上海的好玩是不用介绍的。SuperStar Leo停泊在浦东摩天

Complete Guide to Cruising ◀ 249

大厦的正对面，入夜后灯火通明，客舱外便是美丽的河畔夜景！这是我第一次领略邮轮假期的好玩。那时还希望Star Cruises经常开办上海旅程，打开中国邮轮市场。回程时有400多位上海客上船（全船一共有来自21个国家的1 700人），我还以为定期航班会成为事实，想不到的是不但没有了，甚至后来失去了"我们的"SuperStar Leo。

SuperStar Leo的宁波首航

　　SuperStar Leo晚上6点从香港出发，按照预定时间，船应当两天后下午1点到达上海。船长说这段途程可不短，得以每小时23海里的高速赶路。小插曲是开航约两小时多后，一名乘客遇急症,得由直升机接送回去医治。这难道是直升机降落在SuperStar Leo甲板上的第一次?

开船的次日,整天航海。下午在船上首先进行了进入上海的检疫和清关,内地的关员预先登船工作,包括给乘客量体温(SARS的遗患真不少)。船到达后乘客便可以不用办手续,马上上岸。

SuperStar Leo这次航程和去年的上海旅程不同,船到上海后买来回票的乘客也得登岸到酒店住两晚。那两天船公司给上海的本地客人安排了一日游的行程,也许可借此让内地客人认识邮轮假期。这是这次坐船要办清关的原因。

因为这次碰上大风浪,再加上直升机救援所费的时间,到上海的时间迟了两小时,下午3点才到。但早上11点半已进入黄浦江河口,一看船外已是黄色的淡水,也开始看到两岸有房屋。在这三个多小时的旅程里,沿途是黄浦江不断变化的景色。这是一条很热门的河道,河上的船舶作业不绝。最刺激的是,我们的巨轮通过杨浦大桥时,烟囱几乎已到桥底,水再涨便不能通过了。

在上海的两晚,我住在浦东金茂君悦酒店(在陆家嘴)。晚上陆家嘴很热闹,其实从陆家嘴到南京东路,坐地铁只有一站,几分钟车程。

在上海泊了两晚后,SuperStar Leo在下午6点取道宁波回香港,这次到宁波是它的首航。

早上9时到达宁波,从码头到市中心也得一小时的车程。邮轮提供4个岸上游节目,都是一早出发晚上才回来的。其中也可选择到著名的普陀山,不过那也就是说除了宁波的码头外,你此行完全没看到宁波市!也许最聪明的办法,是使用邮轮提供的穿梭巴士服务到市中心的天一广场自由活动。有人选择游蒋介石的故居，但那也是在奉化，不在宁波。我选择了游包玉刚故居。这个行程的精华其实是游天一阁，而梁祝文化公园也有一游的价值，最后还有大约一个半小时的时间在市中心。车子停在宁波新的游乐焦点——天一广场，这里可以进行香港人最喜欢的购物。

每个景点都有一游的价值。包玉刚故居是一间旧式的中国四合院式的古老大屋，我们"登堂入室"，参观故居，听导游"胡说八道"。梁祝文化公园相当大，那里还有梁山伯的真坟。但精华显然是天一阁，那是明朝大将范钦当年的藏书阁，今天是博物

馆。天一阁内分多进，庭园楼阁，大得很，古代为官者的确是优差之尤！像范钦这个家，占地达26 000平方米，今天作为博物馆，收藏了30多万册古籍。有一个室收的全是书法碑帖。原来中国书法史上最著名的字帖——王羲之《兰亭集序》的石碑也藏在这里。这次初访对笔者来说是意外的惊喜，如果你是书法行家，这个地方要看一天。即使是外行，看建筑和园林也够开眼界的了。

宁波市中心的天一广场，是宁波的生活游乐中心，大得很。所谓广场，其实是一个娱游购物区，里面有很多条街，市中心的大街都在附近。原来宁波有如此大规模兼现代化的商场，再加上看到已很先进的上海还在继续发展，目睹中国经济的日新月异，我作为中国人也大感自豪。

图片目录：

1	邮轮之都Fort Lauderdale码头名船云集
2	巨轮Explorer of the Seas黄昏起航
3	NCL邮轮的船头
4	邮轮变成城市景色的一部分
5	NCL首创的彩色船身
6	Golden Princess剪影
7	SuperStar Leo
8	Crystal Harmony在温哥华
9	Galaxy在阿拉斯加
10	Seven Seas Mariner在阿拉斯加
11	Princess Cruises在墨西哥湾
12	Diamond Princess
13	Silver Shadow
14	Norwegian Star的剧院进口
15	在Golden Princess上看Explorer of the Seas和Carnival Conquest
16	Disney Cruises
17	巨轮如大厦（Disney Magic和Explorer of the Seas）
18	Piraeus港（在SuperStar Libra上看到Millennium和Rotterdam）
19	登轮（Disney Magic）
20	Costa Atlantica在加勒比海

254 ▶ 邮轮客的天书

21	船长晚宴的拍照留念（SuperStar Virgo）	33	甲板烧烤会（SuperStar Virgo）
22	纪念照（SuperStar Leo）	34	油画拍卖（Diamond Princess）
23	Diamond Princess大堂的鸡尾酒会	35	大剧院（Norwegian Star）
24	Diamond Princess上的Sabatini's意大利餐厅	36	国际艺员（SuperStar Virgo）
25	船长晚宴之夜（SuperStar Virgo）	37	泳池畔（SuperStar Libra）
26	别开生面的海上酒吧（Norwegian Star）	38	船上球场（SuperStar Virgo）
27	餐厅（Golden Princess）	39	载歌载舞（Diamond Princess）
28	餐厅（Norwegian Star）	40	爬山墙（Explorer of the Seas）
29	餐厅（Norwegian Star）		
30	布菲甜品桌（SuperStar Virgo）		
31	一流的烹调（Silver Shadow）		
32	甲板烧烤会（SuperStar Virgo）		

Complete Guide to Cruising　255

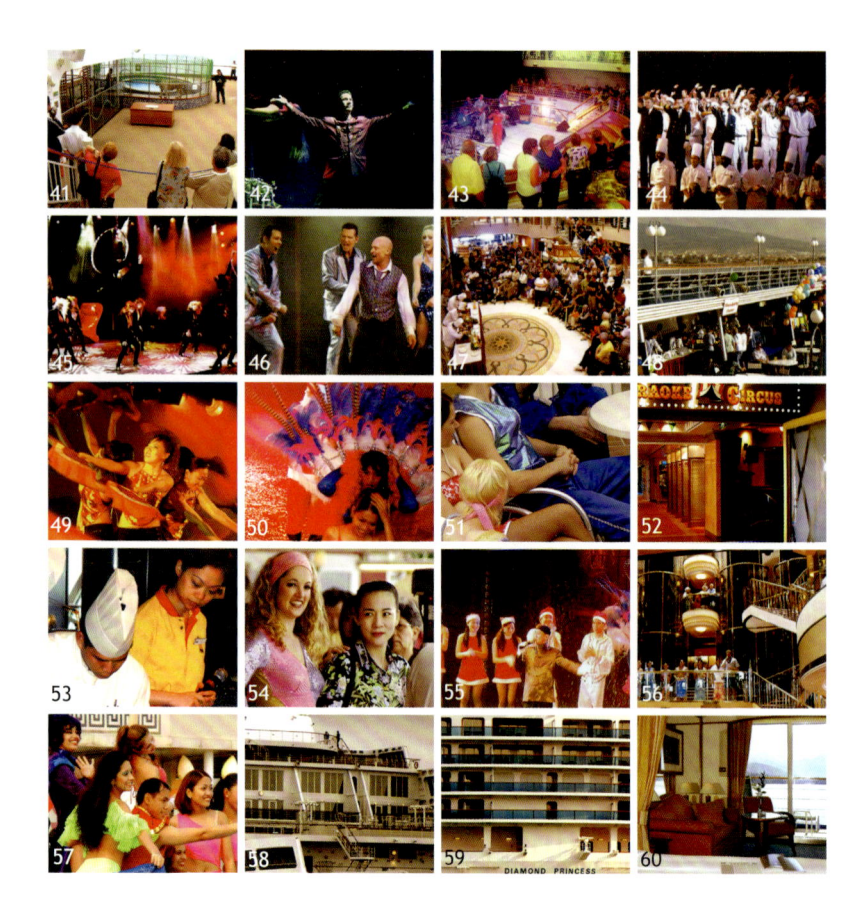

41	老虎登场 (SuperStar Leo)	53	SuperStar Leo
42	魔术表演 (Norwegian Star)	54	与艺员拍照留念 (SuperStar Leo)
43	甲板派对 (Golden Princess)	55	SuperStar Leo
44	船长率领的场面宏大的谢幕 (Norwegian Star)	56	Norwegian Star
45	百老汇式的演出	57	SuperStar Leo
46	歌舞剧 (Golden Princess)	58	QM2（最豪华的客房通常都在船尾）
47	烹调教授表演 (Norwegian Star)	59	Diamond Princess
48	船上活动 (SuperStar Libra)	60	Silver Shadow（五星级客房）
49	SuperStar Libra		
50	SuperStar Virgo		
51	SuperStar Leo		
52	Norwegian Star		

256 ▶ 邮轮客的天书

61	标准的四星级客房（SuperStar Leo）
62	SuperStar Gemini的高级客房
63	SuperStar Virgo的套房
64	岸上游车队待发（Diamond Princess）
65	大规模的车队（Star Cruises）
66	岸上游（SuperStar Libra在印度）
67	用驳船登陆（SuperStar Libra）
68	码头接送（SuperStar Libra在马耳他）
69	岸上游的代理（伊斯坦布尔）
70	Golden Princess的室内泳池
71	Galaxy
72	Norwegian Jewel
73	Golden Princess
74	Disney Magic和Explorer of the Seas
75	Norwegian Star
76	Golden Princess
77	QM2
78	Zuiderdam
79	Disney Magic
80	Galaxy

81	Millennium	93	Norwegian Star
82	Europa在香港	94	Silver Shadow
83	天津新港的混乱场面	95	Rotterdam
84	天津新港的混乱场面	96	SuperStar Libra
85	岸上游后船员另列排队登船（SuperStar Libra）	97	Seabourn Spirit在伊斯坦布尔上船
86	波涛汹涌	98	Silver Shadow
87	Cape Horn	99	Crystal Symphony
88	Wind Spirit	100	Silver Shadow的高级客人
89	MSC Sinfonia		
90	Seven Seas Mariner		
91	Infinity		
92	Ecstacy		

258 ▶ 邮轮客的天书

101	Silver Shadow（阿拉斯加）	
102	Silver Shadow（阿拉斯加）	
103	Silver Shadow	
104	Silver Shadow	
105	Silver Shadow	
106	SuperStar Leo	
107	Golden Princess	
108	Diamond Princess	
109	Sapphire Princess	
110	SuperStar Virgo	
111	三艘巨轮构成一条街道（Golden Princess/ Disney Magic/Explorer of the Seas）	
112	船客在码头	
113	Norwegian Star	
114	Explorer of the Seas（摄于Golden Princess）	
115	Silver Shadow	
116	Silver Shadow	
117	Seabourn Spirit	
118	Seabourn Spirit	
119	Diamond Princess	
120	Costa Atlantica	

Complete Guide to Cruising ◀ 259

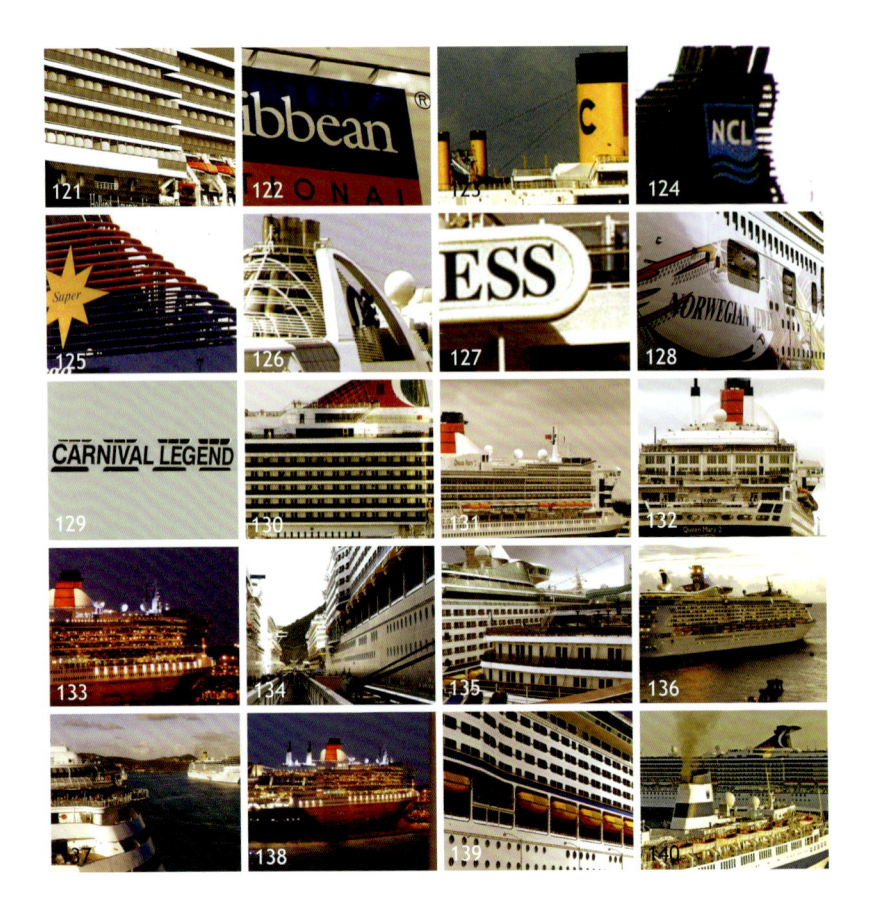

121	Zuiderdam	
122	邮轮公司的标志	
123	邮轮公司的标志	
124	邮轮公司的标志	
125	邮轮公司的标志	
126	邮轮公司的标志	
127	邮轮公司的标志	
128	Norwegian Jewel	
129	邮轮公司的标志	
130	Crnival Conquest	
131	QM2 (Cunard)	
132	QM2	
133	QM2	
134	四艘巨轮构成的街道	
135	Golden Princess (Explorer of the Seas/Carnival Conquest)	
136	Explorer of the Seas	
137	Carnival Conquest及Costa Atlantica	
138	QM2	
139	Explorer of the Seas	
140	Fort Lauderdale的加勒比海鱼贯起航	

▶ 邮轮客的天书

141	加勒比海四艘巨轮鱼贯起航的壮丽景色 （自远而近为Carnival Legend、Explorer of the Seas、Disney Magic和Norwegian Dawn）	151	威尼斯
142	Explorer of the Seas及SuperStar Libra在海港	152	Fort Lauderdale
143	伦敦	153	Skagway（阿拉斯加）
144	伊斯坦布尔	154	檀香山（火奴鲁鲁）
145	柏林	155	Mexico Riviera
146	La Spezia	156	布宜诺斯艾利斯
147	Pireaus	157	洛杉矶港
148	波尔多	158	温哥华
149	马耳他	159	新加坡
150	达达尼尔海峡	160	长崎

Complete Guide to Cruising ◀ 261

161	西贡（胡志明市）	
162	巴生港（吉隆坡）	
163	Liam Chabang（曼谷）	
164	釜山	
165	Valparaiso（圣地亚哥外港）	
166	天津新港（北京）	
167	孟买	
168	上海	
169	Civitavecchia（罗马）是地中海的重要中点站	
170	Cape Horn风景一流	
171	南美冰川	
172	阿拉斯加	
173	大阪	
174	曼谷	
175	Golden Princess	
176	Fort Lauderdale邮轮处处	
177	St. Thomas	
178	St. Martin	
179	岛上风光	
180	Fort Lauderdale是加勒比海航线的出发点	

181	Princess Cay		193	Wrangell
182	Silver Shadow		194	Victoria
183	Silver Shadow		195	Victoria
184	Sawyer Glacier		196	Cape Horn以奇诡的景色和滔天的风浪见称
185	下午茶		197	布宜诺斯艾利斯
186	Silver Shadow在温哥华		198	Montevideo
187	厨房自助餐和经理Pascal		199	Puerto Madryn
188	Misty Fjord		200	天天大群风浪
189	边疆小镇风光			
190	Juneau			
191	Juneau			
192	Sawyer Glacier			

Complete Guide to Cruising ◀ 263

201	福克兰群岛		213	Norwegian Star
202	Cape Horn Celebration（受合恩角海水的洗礼）		214	水上酒吧
203	Ushuaia		215	Kiribati共和国
204	Punta Arenas		216	Kahului
205	麦哲伦海峡		217	水上运动
206	El Brujo冰川		218	Nawillwili
207	Puerto Montt		219	希腊群岛的道地景色
208	Puerto Chacabuco		220	轮船寄碇处
209	圣地亚哥			
210	檀香山			
211	檀香山			
212	Norwegian Star			

264 ▶ 邮轮客的天书

221	轮船寄碇处	233	船上闲情
222	Santorini	234	Olbia（Sardinia）
223	渡轮	235	那不勒斯码头
224	Mykonos	236	那不勒斯海湾
225	Santorini	237	Olbia的美少女
226	Piraeus（雅典外港）	238	伊斯坦布尔的蓝色清真寺
227	马耳他的古城	239	伊斯坦布尔的大市场
228	马耳他的海滩	240	Lzmir市中心
229	马耳他的St. Julians区		
230	普契尼的故乡Torre de Largo		
231	罗马		
232	比萨		

Complete Guide to Cruising ◀ 265

241	SuperStar Libra在马耳他	253	符拉迪沃斯托克
242	Piraeus	254	釜山渔市场
243	雅典	255	上海
244	达达尼尔海峡的小镇	256	上海
245	Piraeus市中心海滨大道	257	大连
246	马耳他的海港	258	新加坡
247	Piraeus到Athens的火车站	259	船上的船员表演
248	大阪海港	260	船长晚宴
249	长崎市中心		
250	大阪		
251	Diamond Princess的剧院		
252	Diamond Princess的餐厅		

266 ▶ 邮轮客的天书

261	SuperStar Virgo	273	Elephanta Island
262	槟城	274	乘驳船登陆
263	槟城	275	Kadmat岛
264	码头	276	Kadmat岛
265	普吉（布吉）	277	Kadmat岛
266	普吉巴东海滩	278	果阿
267	马六甲	279	果阿的Calangute海滩
268	马六甲古城	280	果阿海滩
269	孟买		
270	孟买是"印度的上海"		
271	孟买		
272	船上的艺员时装表演		

Complete Guide to Cruising ◀ 267

281	冲绳那霸的美国村	288	厦门	295	黄浦江的巡航
282	那霸的渔业市场	289	SuperStar Leo的历史性上海之旅	296	从邮轮甲板看上海
283	基隆夜雨	290	上海高阳码头的欢迎仪式	297	宁波市中心
284	台北	291	SuperStar Leo在上海	298	宁波梁祝公园
285	那霸波之上神宫	292	SuperStar Leo在香港的最后日子	299	宁波天一广场
286	石垣岛的怪树	293	厦门	300	船上烧烤餐
287	石垣岛的海滩	294	SuperStar Leo在上海（摄于金茂君悦酒店）	301	开船前艺员与客人拍照留念

▶ 邮轮客的天书

图书在版编目(CIP)数据

邮轮客的天书/古镇煌著.
北京：中国人民大学出版社，2010
ISBN 978-7-300-11778-2

Ⅰ．①邮
Ⅱ．①古…
Ⅲ．①游记－世界
Ⅳ．①K919

中国版本图书馆CIP数据核字（2010）第034795号

《邮轮客的天书》作者：古镇煌
Copyright © Cognizance Publishing Company Limited 2007
All Rights Reserved.
此书中文简体字版由香港知出版有限公司授权中国人民大学出版社出版。

邮轮客的天书

古镇煌　著

出版发行	中国人民大学出版社		
社　　址	北京中关村大街31号	邮政编码	100080
电　　话	010－62511242（总编室）	010－62511398（质管部）	
	010－82501766（邮购部）	010－62514148（门市部）	
	010－62515195（发行公司）	010－62515275（盗版举报）	
网　　址	http://www.crup.com.cn		
	http://www.ttrnet.com（人大教研网）		
经　　销	新华书店		
印　　刷	北京市易丰印刷有限责任公司		
规　　格	145 mm×210 mm　32开	版　次	2010年3月第1版
印　　张	9	印　次	2010年3月第1次印刷
字　　数	190 000	定　价	45.00元

版权所有　侵权必究　印装差错　负责调换

采集文明　传播智慧

以智慧、慈爱、勇敢之心,做弘扬正见、培育人才、福利社会、净化人心之事